宿命

ほのおにえを

[日]陈舜臣 著

徐克 张继文 译

天津出版传媒集团

天津人民出版社

图书在版编目（CIP）数据

宿命 /（日）陈舜臣著；徐克，张继文译．-- 天津：天津人民出版社，2021.1
ISBN 978-7-201-16862-3

Ⅰ．①宿… Ⅱ．①陈… ②徐… ③张… Ⅲ．①长篇小说 - 日本 - 现代 Ⅳ．① I313.45

中国版本图书馆 CIP 数据核字 (2020) 第 242711 号

著作权合同登记号：图字 02-2020-321

宿命
SU MING
［日］陈舜臣 著　徐克　张继文 译

出　　版　天津人民出版社
出 版 人　刘　庆
地　　址　天津市和平区西康路 35 号康岳大厦
邮政编码　300051
邮购电话　（022）23332469
电子信箱　reader@tjrmcbs.com

责任编辑　岳　勇
特约编辑　吕　妍
封面设计　吴黛君

制版印刷　大厂回族自治县德诚印务有限公司
经　　销　新华书店
开　　本　620 × 889 毫米　1/16
印　　张　14
字　　数　147 千字
版次印次　2021 年 1 月第 1 版　2021 年 1 月第 1 次印刷
定　　价　59.00 元

一

叶村省吾把烟含进嘴里，取出打火机，在点烟之前，他环视了一下四周。

这是一间非常简陋的公寓房，哥哥一郎正在住院，所以很少有客人来。虽然嫂子伸子把房间打扫得整洁有序，但总让人觉得这屋里缺少了点儿什么。

比如说，烟灰缸……

“应该是放在哪里了吧，给客人用的。”

侄女顺子开始翻箱倒柜地找起烟灰缸来，水手服在省吾身边飘啊飘地飞舞，忙得不亦乐乎。

该找的地方都找遍了，还是没找到。顺子最后无奈地耸了耸肩。

“妈妈太自我了，不管整理得再好，这种除了自己谁也不知道东西放在哪里的方法根本没有意义。她没什么想象力，总是没法让别人也搞明白。”

“你妈妈可是费了不少工夫才把房间弄成这样的，这么说妈妈的坏话可不好。”

“可要是换了我，肯定会好好地……”顺子提高了嗓门儿反驳说。她今年刚上高中一年级。

省吾嘴里还叼着那支没有点燃的烟。他往桌子上扫了一眼，顺子的笔记本正摊开放在上面，笔记本上到处都是用绿色铅笔画的波浪线。

“红色的太扎眼了，我不喜欢。”如此说道的顺子，一直都在用绿色的铅笔。

“但是，密密麻麻的更扎眼吧！”省吾反驳说。

笔记本的旁边还有本相册，省吾顺手拿过来看了起来。里面贴着嫂子带领一群中学生去修学旅行[1]的若干纪念照，照片背景照样还是京都和奈良那几处世人皆知的名胜古迹。

省吾把相册翻看了一遍，还是不见嫂子回来，无聊之际瞥见了供奉在佛龛上的父亲的遗照。父亲还是那副不高兴的神色，在省吾的印象里他一直是这个表情。

这时，嫂子伸子回来了。

“嫂子，我来打搅了。”省吾先打了声招呼。

“哦，是省吾来了啊！”

伸子把购物篮放下，笑着开始梳理披散的头发。虽然已是

[1] 在日本，指为使学生进行实地考察和研究，由教导员组织的旅行（译者注，下同）。

四十岁的人了，但她那张白皙的瓜子脸上依然散发着一种透明清澈的美。

哥哥的医疗费和顺子的养育费都是靠她那双纤细的手一点一点挣出来的——白天在中学教书，晚上回到家还得做些替别人刻书版和誊写的零活，到现在为止一直没有停歇过。她以前在一家叫殿村物产的公司里面工作，做了一段时间以后觉得还是教师这个职业更符合自己的脾性，于是就辞了公司的工作，当了一名中学教师。

虽然日子过得很苦，但嫂子的脸上从来没有露出一丝一毫的憔悴，甚至连皱纹都没有，这让省吾感到非常不可思议。但如果仔细看她的眼睛的话，你就会明白，这么多年的辛苦劳累都深深地锁进那双瞳孔里了。那双暗含忧愁的瞳孔，一直都是湿湿的。

"妈妈，烟灰缸呢？"

在女儿的催促下，她麻利地从电视桌下面取出了烟灰缸。

"嫂子，还是上次跟你说的那件事……"省吾把烟点上，然后说道。

"调职那件事？"伸子默默地听着。

"嗯，就是那件事。"

"调到关西[1]那边不算是降职吧？"

"在我们公司，刚好相反。"

叶村省吾所在的公司叫樱花商事，最近公司跟美国的一家叫

[1] 日本近畿以西成为关西，以京都、大阪、神户为中心。

作范戈森的公司合作，在姬路那儿建了一座工厂，主要生产一些抛光剂之类的特殊染料，员工一共四百多人。这样一来，关西分公司的负担一下子就重了起来，一直只负责贸易装运的神户分公司，现在也开始负责姬路工厂产品的营销，那里的职员也从原来的十人一下子增加到了三十多人。

公司里传言说，凡是调到神户去的人都是总经理非常器重的人，与其说是降职，还不如说是升迁的好机会。就在传言甚嚣尘上的时候，省吾接到了公司调他去神户的通知。

医生说，哥哥能不能活过今年都难说。对省吾而言，自然也想去神户大显身手，但他心里担心得更多的是哥哥的病。

“既然这样，你就听从公司的调遣，去神户吧！”伸子说道。

“可是，我还是放不下哥哥啊，不管怎么说，是他照看我长大的。”

“事实上，我已经把你要调职的事跟他说了。他让我跟你说一定要去神户，还拜托我劝劝你呢！”

虽说是兄长，但一郎其实是省吾的异母哥哥。如果年龄相仿的话，日子长了，两人之间肯定有磕磕绊绊，但他们的年龄足足差了十八岁，所以两人之间完全没有同父异母兄弟之间的那种隔阂感。年龄的差距再加上是异母的缘故，在省吾眼里，一郎就如同父亲一样。

“嫂子你知道，哥哥在我心中的地位是谁都无法取代的。哥哥的意思是让我自由点，让我放手去干自己的事业，这我也明白，也非常感谢他这么替我考虑，但是……”

“不，并不是想让你自由拼搏什么的问题。你哥哥是主动想让你前往神户的，因为有件事必须要拜托你。”

“有事拜托我？”省吾有点疑惑，“什么事情，嫂子你知道吗？”

“我也只是知道个大概。”

“大概也行，跟我说一下吧，到底什么事？”

“这个嘛……”伸子犹豫了一会儿，总算下定了决心，凑到省吾跟前说，“是跟叶村家的历史有关的事情。”

“我们家的历史？这事情还真夸张。”

“省吾你对历史似乎不太感兴趣？”

“嗯，国家的历史也好，家族的历史也好，我都不怎么关心。就连父亲的名号，还是哥哥跟我说了我才知道的。”

“那么，你肯定不知道那件事了。父亲生前拼命把那件事隐瞒了下来，一直到去世也没有对任何人提过。”

“隐瞒？那，到底是什么事？”

伸子像是在故意躲避省吾的视线，把头低了下去。

“不是什么光彩的事情。你知道你哥是个学究，喜欢钻研问题，不把事情弄明白搞清楚，他是绝不会罢休的。他在研究父亲生平履历的时候，不小心发现了父亲的秘密。”

叶村一郎生病住院之前一直在一所私立大学里教授经济史。他生来就对学术抱有浓厚的兴趣，长达七年的疗养生活也差不多是在读书和研究中度过的。父亲的秘密也就是在这段时期内被发现的。

省吾使劲把烟掐灭在烟灰缸里，非常不解地嘟囔了一句：“父亲的秘密？”

省吾的父亲曾一度在南洋做生意，一郎从当地的一所日本学校毕业后，在父亲一个生意伙伴的帮助下才回到日本上了中学。在中学二年级的时候，一郎的母亲便去世了。

过了一段单身生活的父亲，后来又在新加坡与一个日本药剂师结了婚。然而不知是不是父亲命中克妻，第二位妻子在生下省吾后很快就病死了。

“太平洋战争”爆发前夕，省吾和父亲从南洋回到了日本，那时省吾才六岁，而一郎已经大学毕业了。

这么说起来的话，省吾从未看到父亲高兴过。

回到日本后，叶村一家就住在东京。可能在南洋出生的小孩都不太适应东京的水土，经常生病。一九四三年姐姐贞子得结核病去世，紧接着，父亲也在第二年去世了。省吾的二哥义夫也在当时的“劳动动员”[1]运动中累垮了身体，二战结束后不久就死了。父亲去世的时候义夫还躺在病床上，想来父亲在那种情况下，要露出愉快的笑容也是不可能的。今天听了嫂子的一席话，省吾才知道，就在这样一张苦闷的脸背后还隐藏了一些不可告人的秘密。

伸子支支吾吾地说：“据别人说，父亲在历史上曾留下过

---

[1] 日本发动侵华战争时，曾号召百姓在农场进行农业服务。

污点。”

“在历史上留下污点？”省吾被伸子的话吓得张圆了嘴，“夸张了吧，父亲是那样的大人物吗？”

“我说的‘历史’，可不是历史教科书上写的那些历史，而是更加专业的历史资料上记载的历史。不过家里人都坚信，父亲是绝对不会犯下那样的罪行的。”

“父亲到底做了什么事情？”

“可以说是贪污。”

“贪污？”

“父亲在年轻时是个血气方刚的人，那时正值中国的清朝末期，有很多革命家流亡到了日本。父亲好像跟那些人有过来往。”

省吾看了看供在佛龛上的父亲的照片：“哦，父亲居然还有过这样的经历，与我印象中的父亲完全不一样啊！”

“那时父亲才刚过二十岁，可能也就是给那些人做些跑腿的差事吧。”

“父亲的贪污事件跟中国革命有关系吗？”

“嗯，有的。”伸子低下头说，“那些钱是中国革命党人在日本筹措的革命资金。父亲那时负责把这笔钱秘密转交给一个中国革命党人，但是父亲却拿着那笔钱逃到了南洋。”

“哎呀……”

“有三万日元，在当时可是一大笔钱啊！本来是计划在神户交给那个中国人的，可是……”

伸子在二战结束后才嫁给一郎，所以她不太了解父亲——叶村鼎造（号康风）的事，只是偶尔从丈夫嘴里听说一些琐事而已。

父亲去世的时候，省吾才九岁，也还没到能真正理解父亲内心世界的年纪。

阴郁的父亲——这是省吾对父亲的所有印象。所以每当朋友对省吾描述自己的父亲是多么温厚而开朗的时候，省吾都对他们投以羡慕的目光。

“可是，哥哥从来没有跟我提到过这件事啊，我知道哥哥是非常爱父亲的。”省吾还清楚地记得父亲葬礼的那一天，穿着国民服的哥哥，眼睛哭得通红，情绪低落到了极点。哥哥一郎一向不善于表达自己的感情，那一天他是多么的悲伤，连九岁的省吾都能深切地体会到。

“他是那么的爱父亲，这种有损父亲形象的事，他怎么说得出口呢？”

“说得也是。”

“当时一郎觉得你不知道这个秘密最好，所以就没告诉你，但最近他的想法好像变了。”

“怎么变了？”

“他也知道自己时日无多，所以开始考虑让你继续做他没能完成的事，那就是替父亲挽回名誉。一郎坚信父亲的贪污事件绝对没那么简单，肯定另有真相……这是他的信念。”

“只是信念吗？”

“不，他似乎已经找到线索了，只要以此为基础去神户认真调查，大概就能真相大白了。”

"去神户？"

"嗯，是的，因为父亲当时就是要在神户把那些革命资金交给中国革命党人的。"

"原来如此。所以哥哥才会这样积极地劝我调到神户工作。这么说起来，前些年哥哥的朋友在神户开公司的时候，哥哥还劝过我去那边工作。"

"还有这件事啊。那家公司可比你工作的樱花商事小多了，他可能感觉到自己的身体是去不了神户了，又发现问题的关键就在神户，所以有点着急……怎么样，省吾你是怎么想的呢，能不能去神户抽时间调查这件事呢？"

"既然是为了替父亲洗脱罪名的大事，我当然义不容辞了。"省吾虽然嘴上这么说，但心里仍觉得五十年前的三万日元贪污事件没什么大不了的，即便跟父亲有关。现实生活中，省吾看过太多类似的事了，比这更恶心的事多的是，如今已经见怪不怪了，更何况是五十年前的事呢？

如果省吾真能抽出时间在神户调查这件事的话，那也不是为了父亲的名誉，而是为了哥哥，亦或者说是为了嫂子，这样会更加恰当一点。他本来就对美丽的嫂子心怀崇敬之情，既然嫂子把濒危丈夫未完之事托付给自己，那就更加义不容辞了。

省吾抬头往旁边看去，嫂子这时已经端庄地坐下了。跟省吾目光相对的时候，她的眼睛滴溜溜地转着，嘴边浮现出些许微笑。在省吾的眼里，这世界上再也没有比嫂子更加聪颖的女人了，可是，他有时候也觉得嫂子是非常俗气的女人，尤其是在对待自己孩子的时候，可以说简直就是溺爱。省吾觉得像嫂子这么非凡的女性在对待孩子时应该会采取更为聪明的方式。然而只要一遇到顺子的事，嫂子就变得跟世界上所有的母亲毫无二致了。

把父亲秘密的大体内容跟省吾说完之后，伸子开始将话题转移到顺子身上了。

“连教画画的老师都觉得吃惊呢，说顺子身上有着让人眼前一亮的才华。”

对省吾而言，刚才还是宛如天上仙女一般的嫂子，现在一下子就坠到地上变成了凡人。嫂子那副溺爱孩子的样子，虽然让省吾大倒胃口，却也让他感到亲切温柔。就像是从神佛的脸上看到了凡人的表情那般，让人不禁松了口气。

“看那里，”伸子指着墙上说，“那可是顺子画的呀！”

黑色的画框里贴着一张女人的脸部素描，省吾前段时间来的时候，墙上还没有这幅画。

“哦，画的是你的脸吧！”

听省吾这么一说，伸子变得异常高兴：“很像吧！”

然后眯起了眼睛。

“才不像呢！”这时当事人顺子从旁边冒出来说。

相像的只有眼睛而已，省吾心想。然而，可以看得出，画面线条非常舒展流畅，是幅很不错的画。

“不仅仅是画哦，前段时间语文老师还称赞顺子的作文说……”

“哎呀，别说了，妈妈！”顺子啪地拍了一下子桌子，封住了伸子的嘴。

两天后，省吾正式决定转到神户工作。接下来的星期天，他和嫂子一起去千叶的疗养所看望了哥哥。那是一个风和日丽的三月阳春日，春天的阳光洒满了疗养所的庭院。病人们把椅子拖到草坪上，躺在那里晒太阳。可是，这群人里面没有一郎的身影，他的病情已经恶化到就连晒晒太阳对他而言都是一项非常沉重的运动了。

省吾看到亲如父亲的哥哥一郎的那双凹陷的眼和那张憔悴消瘦的脸庞，心里不禁隐隐作痛。嫂子把病房收拾得就像自己住的公寓房那样干净整洁，这让省吾一下子就感觉到了嫂子的气息。

“你来了啊。”哥哥有气无力地说。

“省吾已经决定下个月调去神户工作了，”伸子一边往床边挪椅子一边说，“还有那件事，我也大致跟省吾说了一下。”

“我也没什么说话的力气了，你跟他说明白就好了。”一郎躺在床上朝着妻子说。

“话虽如此，”伸子温柔地注视着一郎，“但我觉得你还是亲口和他说一下比较好，哪怕只是简明扼要地说说。”

省吾把身子探到枕头边上，目不转睛地注视着一郎的嘴唇。这时，一郎微微动了一下嘴唇，用低沉得就像耳语般的声音说：“吴练海，只要找到他，就能解开谜团。”

“吴练海？”省吾又确认了一下。

“他是个中国革命党人。父亲本来要把那笔钱交给他的。”

伸子在旁边解释说。

“把架子上的书……”一郎说。

伸子站起来，从架子上取下一本褐色封皮、老得开始褪色的书。已经褪色的封皮上印着：

邯郸之梦　大宫虎城著

“翻到第二百一十六页。”一郎闭着眼睛有气无力地说。伸子开始翻书，二百一十六页一下子就翻到了。里面夹着一张书签，那页的空白处有用红色铅笔画的大圈。

“省吾，你把这段读一下。”伸子把打开的书递到省吾面前。省吾接过来读起了红圆圈下面的那段文章。

“革命的成功并非一朝一夕之事，它需要革命者不屈不挠的精神和长年累月的周密准备。我们与以孙文先生为首的中国革命志士结缘由来已久，也深知革命事业的艰辛，所以我国民间的有志之士也在精神和物质上给予了他们极大的帮助。然而也有不少批判者称我们是‘中国浪人’，诬蔑我们是一群无赖之徒，无信仰的投机之辈，我们抱着一颗纯粹无私之心来援助邻国的四亿人民，却落得如此骂名，哪怕是铁石心肠恐怕也早已肝肠寸断。

“然万事有果必有因，我们组织内部确实存在几名投机之徒。比如叶村康风之流，他的卑劣行径如今想来仍让人咬牙切齿，恨不能将之千刀万剐。现由我来告知当时事情的真相。

“中国革命成功前一年，我们本打算将在民间筹措的革命资金交予从上海来日的吴练海先生。当时把接头地点选在了神户，所以我们就将这件事情托付给了正住在神户的叶村康风。吴练海很快抵达神户，但是他在神户滞留了一个多月依然没有收到我们筹措的三万日元，所以打算差我前去追究叶村康风的责任。然而不知是何缘故，在我到达神户的前夜，叶村康风已经落荒而逃，不知去向。

“我们永远都不会忘记这个背信弃义、卑鄙无耻之徒叶村康风的名字。信任这样一个轻佻的愣头青，是我这辈子最大的失误。康风逃走后至今仍下落不明，有传言说他已经逃去南洋，但尚待查证。

“吴练海没能完成自己的使命只得垂头丧气地回国了，唯一让人宽慰的是，他与神户花隈街的一名花魁喜结良缘，结为夫妇。康风这样的人在我们组织内部简直就是例外之中的例外。我们组织中的大部分人都是发誓要为革命事业粉身碎骨、无私奉献、不求回报的。中国革命党人竟然把我们与康风之流视为同类，真是让我们痛心疾首……”

伸子看省吾读完了，就补充说：“写这本书的大宫虎城是孙文等革命党人的支持者，他根据当时的记忆写下了这本《邯郸之梦》，书上写的父亲的贪污事件发生在中国革命胜利的前一年，也就是一九一〇年。当时父亲确实是住在神户，在事件发生的约三个月前，他说要去神户旅游，然后就突然在那边一所叫‘石崎汽船’的轮船公司工作了。至于当时的详细情况就不清楚了。”

省吾看了一下书的版权页，这本书第一次出版是在一九一八年，也就是一郎在南洋出生的那一年。关于父亲的经历，省吾只知道他年轻的时候曾去过南洋。他是叶村康风最小的孩子，省吾在心里算了一下，他出生的时候，父亲已经五十一岁，这么说的话，一九一〇年的时候父亲才二十五岁。

省吾把书合上，愤愤地说了句：“轻佻的愣头青——简直说得太过分了，这不是在侮辱人嘛！”

“书上就是这么写的，如果这真是事实的话，那样说也无可厚非。可是，一郎推断在这件事的背后肯定还隐藏着很多内幕。”伸子说完看了一郎一眼。

“这是哥哥的信念吗？”

“不仅仅是信念，有线索的。这本书里提到了吴练海这个人，就是那个从上海来日本取三万日元的人。”

“嗯，而且当时他好像也很年轻。上面写着‘年轻的吴君’什么什么的……”

“上面写着‘唯一让人宽慰的是，年轻的吴君和神户花隈的一名花魁结为夫妇’。”伸子现在似乎都能把画红圈的地方背下来了。

“你记得真清楚！”

“那当然了，这可是问题的关键啊！花隈在神户可以说是一流的妓院街，就是到那里玩玩也要花很多钱的，更别说要给某个花魁赎身了，你说那么多钱是从哪里来的呢？”

“那会不会他本来就很有钱？”

“不是没有这种可能性，但他是专门从上海过来取革命资金的，不是来游山玩水，并且只是短期停留，不可能带那么多钱来。难道他是预料到自己可能在神户找到个情人，就把钱准备好一起带过来？”

“说得也是。”省吾现在开始跟着伸子的节奏考虑问题了，伸子说的话无外乎就是一郎的想法。哥哥的脑子是多么的明晰，思维是多么的缜密，省吾是非常了解的。更何况把哥哥的想法表达出来的还是自己崇拜至极的嫂子。

“虽然大宫虎城在这里只是轻描淡写，但我觉得这里面藏着更深层次的原因。”伸子注视着省吾的眼睛说。

“吴练海在花隈游玩，给花魁赎身，靠那三万日元……”

“明治（一八六八年至一九一一年）末年的三万日元可是一大笔钱啊！”

“这么说来，父亲将钱交给了吴练海，还代替他背上了贪污的恶名？”

“有这种可能。”

“可是，父亲为何会这么慷慨大义？他有理由要如此袒护吴练海吗？”

“现在我们还完全不清楚父亲跟吴练海之间的关系。”

“难道他们两个人平分了那三万日元？把那么一大笔钱全部交给一个素不相识的人，然后自己再背上罪名，这实在说不通啊。”

“一郎也考虑过这个可能性。但从父亲的性格来看，你就会明白父亲是绝对不会做那种坐地分赃的事情的。父亲很诚实，又是个非常顽固的人，不善于跟别人合作，连在生意上，只要不是很大的事情，能自己做就绝不跟别人合作。”

“那平分三万日元算不算是一件大事呢？”省吾心虚地说了一句。这时，他忽然想起了路上答应嫂子的事。

“一郎剩下的日子已经不多了，支撑他活到现在唯一的信念就是给父亲雪耻。请你一定不要把他的这个梦打碎。即使你心里觉得是父亲贪污了那三万日元，你也一定要答应他查明父亲贪污事件的真相，给父亲洗脱罪名，拜托了！”

“不！”省吾立刻又慌慌张张地补充说，“父亲绝对不是那样的人。”

“是的。”一郎用低沉的声音回应省吾，“他是死也不会做那种坏事的。”

“到了神户，我一定要查清楚！”

“拜托了。”一郎艰难地动了动嘴唇。

“哥哥刚才说只要调查吴练海就行，那他人现在在哪？”

“关于这个，”伸子代替丈夫回答道，“就算吴练海跟父亲同岁，活到现在也有八十岁了——已经死了的可能性比较大。”

“这就麻烦了啊。”

“据一郎的查证，中国革命胜利后，吴练海在中国财政界非常活跃，一直到第二次世界大战爆发。夹在《邯郸之梦》里的那张纸上应该有记录。”

省吾又一次把书打开翻到二百一十六页，开始看书签边上的字。

一九一四年作为上海租界中国顾问团成员负责处理财政关系。【吉冈精三著《上海租界的研究》第八十六页】

一九一六年作为中国代表团成员就向日本借款五百万日元的事宜跟日方进行交涉。【船田毅著《日支经济交涉史》第一百零二页】

一九二〇年在新成立的农商银行里面担任理事【早川绍太著《中国银行论》第七十二页】

一九二八年担任中央银行筹备委员。【《中国银行论》第二百三十三页】

一九三五年担任上海民生银行董事长（行长）。【植田芳夫著《上海钱庄的发展》第三百二十八页】

“能查到的也就这些了吧？”省吾看完记录，自言自语般地不知向谁问道。

回答的人是嫂子。

“我们已经竭尽全力查了，但有关吴练海一九三五年以后的事情仍然不太清楚，传言在二战期间他曾住在重庆……从年龄来看，即便他现在活着，也应该退休了。”

“哥哥那么认真细致地调查都没能弄清楚，我不敢保证能查清楚。”

“你哥哥是一直躺在床上调查的，你不同，你的身体那么健康，又能到神户去，即使查不到吴练海的消息，也能在那边找到了解当年情况的人吧！”

都已经是五十多年前的事了，了解那个年代的人，活到现在也差不多六十岁，不，最少也七十多岁了吧。

“真头疼啊。”

省吾虽然心里这么想，但为了不让哥哥感觉到自己是在安慰敷衍他，还是提高嗓门说：“哥哥你放心吧，我一定会尽力查明真相的。”

“省吾……”一郎唤道。听到哥哥低沉的声音，省吾不禁心里一紧。

“我在，你说……”他咽了口唾沫回答道。

“这件事就拜托你了，不为别的，就是为了父亲，他被人骂成卑鄙的叛徒，却连句辩解的话都没说就默默死去了。拜托了。”

“我明白！”

“一想到父亲的事，我的心就像被人用锤子敲碎了一样疼。不仅仅是《邯郸之梦》，《中国革命夜话》里也有相关的记录。中国那边的相关记录更是多……《辛亥革命资料集》，还有那个叫胡传举的人写的《革命资金秘录》里都提到过这件事。资料都在伸子那里，你拿来看看吧……这些资料都把父亲描述成一个背叛了革命和同志的大恶徒，用最恶毒的话咒骂父亲。这样下去，父亲的灵魂肯定无法安息。”一郎说着说着就开始急促地喘气，看起来非常痛苦。

“一郎，你不要激动——”伸子非常担心地插嘴道。但一郎还是坚持着继续往下说：“这也关系到叶村家的名誉！一想到那些家伙在背后嘲笑我们是叛徒的儿子，我就痛心不已。省吾，你一定要凭自己的力量，为叶村家挽回名誉！”说完，一郎便开始哽咽、抽泣、嘴唇不停地抽搐，好像在恐惧什么事情似的。

“省吾，你明白哥哥的心意了吧？”伸子难以忍受地说道，止住了一郎的话语。

“我明白了！”省吾回答。

然而省吾真正明白的是哥哥强烈的执念，至于父亲的冤屈和叶村家的名誉之类的，他根本毫不在意。

知道叶村康风私吞中国革命资金一事的人，这个世界上到底还有没有呢？恐怕只有搞相关研究的人才能知道，而这些人会不会也在调查叶村康风子孙的事呢？

省吾脑子里开始浮现起自己的友人和同事的面孔——没有一个和这沾边！

为何一郎会对此事感到如此羞耻，省吾完全不能理解。当说到父亲曾经犯过贪污罪的时候，他甚至害怕得发抖。他对这件事敏感得几乎已经到病态的地步了。

虽说事关叶村家的名誉，可是省吾对叶村家的历史毫不知情。叶村家祖籍信州，但现在已经跟信州没有联系了。二战后，根据民法修正案，叶村家的户籍转到了东京。父亲也葬在东京，爷爷的墓还在信州，省吾只跟父亲去拜过一次，那还是他们刚搬到东京的时候。所以叶村家的历史是否充满了值得去维护的名誉，省吾心里完全不清楚。

“这是父亲生前非常珍视的纪念品，现在我的时日也不多了，就交给你吧！”

一郎把他那双细瘦的手腕伸向省吾，手里攥着一个首饰类的东西。

省吾接过来一看，是个带扣[1]。珊瑚上嵌着象牙，里面则镶着一只纯金的招财猫。

从千叶返回东京的路上，伸子一直忧愁地看着窗外，很少说话。看到嫂子这个样子，省吾心中第一次燃起了要认真调查这件事的热情。

春天已经降临神户。

杉山大厦坐落在靠近码头的京町商业街，樱花商事的神户分公司就设在杉山大厦的六楼。从朝南的窗户望出去，满眼都是黄色的船只桅杆。

转职过来的第一天就是阴天。天空氤氲着一层灰色，但并不会让人感到黑暗，向南铺开而去的那片大海似乎已经将其吸干。

“对神户的印象怎么样？”分公司店长冈本庸助好像要看透省吾般问道。

“很敞亮啊！”省吾回答。

“背靠青山，面朝大海，当然敞亮了，和你的性格很配呢！”冈本说完笑了笑。

冈本在总公司当企划科科长的时候，省吾曾在他手下做过一段时间。

---

[1] 女性用品，装饰在和服腰带正面，中间穿有绦带。

“啊？”省吾不好意思地挠了挠头。

对面办公桌有个二十二三岁、一身清爽打扮的女业务员正在整理文件。

不错嘛——省吾心里想。今后的日子可要对着对面那张漂亮脸蛋过了，那可是一位清秀漂亮的年轻姑娘啊！

“本来应该为你办一场欢迎宴会的，可是最近还会不断有人从东京那边转过来，所以就先委屈你一下，等他们都来了再一起举行宴会吧。”

冈本用手按着他那打理得整整齐齐的头发，微微歪着头对省吾说。

“劳您费心了。”省吾一副谦恭的样子。

冈本突然笑了起来：“哈哈哈……你要是这样觉得，我可难办了啊。实话告诉你吧，这周六公司要为新产品‘月光’举办一场发售纪念晚会。届时，我们将邀请客户和帮过公司的人到场。顺便也打算当作给你们开的欢迎会。”

樱花商事的主要产品是化学药品，这次在姬路工厂生产的新品“月光”是一种家具抛光剂，近期就要上市发售了。现在公司上上下下都在为宣传这个新产品而忙碌。

这时，对面的女业务员抬起头，用一口流利的神户腔说道：“哎呀，分店长你好狡猾，想用一次晚会就把所有事都打发了呀！”

听到这句话，省吾才真正感觉到自己已经到神户了。

“手头正紧嘛！”分店长“嘿嘿”笑着，不好意思地说，“服部君，你平时欺负欺负我也就算了，我也习惯了，这位哥哥刚从东京调过来，你可要手下留情啊！”

“哎呀，说这种话！”她爱答不理地开始收拾文件。

服部三绘子——刚刚介绍的对面女业务员的名字，在省吾心里反复回响。

“虽然欢迎会只有那样了，不过晚上我打算单独给你搞个欢迎仪式……对了，我记得你很能喝的。”分店长一边说着一边回到自己座位上。

晚上，店长把省吾带到了三宫的酒吧街。酒吧和吧台的构造都与东京的相差无几。

“是不是想到银座了？”冈本说。

事实上也确实如此，除了服务员操着一口神户腔外，酒吧内并没有什么具有神户风味的特征，包厢的墙壁上也都挂满了烘托气氛的装饰物。

他们连着喝了好几家，都是些很普通的酒吧，所以省吾也没有考虑店长口袋里的钱，尽情地敞开了肚子喝。看到省吾喝酒的豪爽样子，冈本似乎也很高兴，一直喝到晚上十二点多，还不依不饶地说：“再陪我喝会儿吧！”

“很晚了，我们还是回去吧！”

“嗯，回去也好，不过走之前我有件事要先告诉你。”冈本扶着省吾的肩膀，他的腿已经站不稳了。

已经午夜时分，三宫附近的路上停满了车。在生田神社前，冈本停下脚步揽过省吾说：“嗯，这件事还是边走边说吧！”

“是什么事？”

冈本警惕地往四周看了一下，低声问:“周围没有人偷听吧？”

离他们不远处确实有几个喝醉酒的人，但这么晚了，谁会偷听两个站在路上的醉汉说的话呢？

“嗯，放心吧，没人偷听。”省吾向他保证。

“嗯，好，那我就说了。”冈本把搭在省吾肩上的手收回，做出一副一本正经的样子，“这件事非同小可，听好了，叶村君，是关于你对面的服部三绘子的事。”

“服部小姐的事？”

“对，你可要防着她点。”

“什么意思？你是说她会诱骗男人？还是……”

“你这么认为吗？”

“有点不敢相信。”

“对了，就是这句——你也说出来了。也就是说，你第一眼看到她的时候，就会觉得她是信得过的。以后你就会慢慢明白我的忠告是多么必要了。”

“什么忠告请您快说！”省吾开始不耐烦地催促。喝醉酒的人说话总是会来点开场白，拖拖拉拉地连绵不绝。

“你可千万别跟别人说啊！”冈本再一次用他那双醉眼往四周瞅了瞅，“服部三绘子是跟她母亲姓的——也就是说她并没有入籍她父亲的户口里。”

“我明白了，也就是说她父母没有正式结婚。”

“你反应挺快的嘛。干脆豁出去全都跟你说了吧，她是个私生女，你知道她父亲是谁吗？”

“这我怎么可能知道呢？”

“这个人你也是知道的。”

“您就别卖关子，直说了吧。”

“好吧，那我就直接说了，他就是佐仓欣太郎。”说完，冈本盯着省吾的脸迫不及待地看他的反应。

“啊？！是社长的——”

佐仓欣太郎就是樱花商事的社长。省吾脑海中一下子浮现出了他那个精神矍铄的鼻梁。

“怎么样，吓到了吧？‘二战’的时候，社长从事军备供应的工作，那时他与花隈的一个妓女私通生下了一个孩子，也就是服部三绘子。”

“你说的是花隈吗？”

比起服部三绘子的身世秘密，“花隈”这两个字更加吸引省吾的耳朵。要证实父亲的无罪，其中必须要调查的就是这个叫作“花隈”的红灯区。

接下来，冈本又唠唠叨叨地说了很多话，声音也越来越含糊不清，并且前言不搭后语。但主要意思就是说，服部三绘子是社长的私生女，跟她处事要小心。

“但不要因为知道这个就变得沮丧。服部可是个好女孩，也不要因为她是社长的千金，就激起歪念和拼搏的心态，那就太卑劣了……无论如何要将她当成一般女子来对待……懂了吗？或许我这样说反而有点过分，不过，社长对神户这边的年轻人可是注意得很呢！告诉你吧，服部君的母亲在很多年前就去世了，她现在还是一个人生活。”冈本一边抓着拦下的出租车门把一边搭着省吾的肩膀唠叨道，“打起精神！如果我再年轻几岁，肯定会成为你的情敌的。”哈喇子从他的嘴边一直流到下巴，拉成一条长线。冈本用手指擦了擦，又喊了一声：“我走了！”便爬进了出租车。

樱花商事的神户分公司没有员工宿舍，在公司的帮助下，省吾在六甲的一栋六层公寓里租到了一间房。虽然从外面看是一所非常豪华的公寓，里面却被分隔成很多间。省吾租到了一间有六张榻榻米[1]大小的房间，里面有洗手间和厨房。这是给单身男女住的最小的房间了。

他喝了三杯水之后，便取出记事本慢慢地看了起来：

花隈

研究者

资料——特别是华侨方面的资料。

从这三个方面入手就有可能追踪到关键人物吴练海。

写在记事本上的这三行字，省吾不知道看了多少遍，每次看都不禁叹气——自己真的能胜任这个任务吗？他没有这个自信。

研究乡土历史的专家还有可能涉及像吴练海这样的人。而研究者这条途径就是要想办法接近他们，然后从他们的研究成果里获取信息。可是对他来说，这帮搞研究的人就如同另外一个世界

[1] 一张榻榻米的长为 180 厘米，宽为 90 厘米，面积为 1.62 平方米。

的人，完全摸不到跟他们打交道的门路。

在嫂子的帮助下，一郎已经涉猎了所有能找到的资料，可是，不仅是日本这边的资料，神户在住华侨之中也有可能还留着当时的资料。一郎再怎么厉害也不可能拿到华侨那边的资料，所以这里所说的要在神户查的资料主要就是指华侨那边的资料。

“研究者”和“资料”这两条途径，对省吾来说很有难度。而“花隈”这条途径，也就是去找花隈那些老妓女直接打听当年的事情，则更让省吾犯难。到底要怎样才能跟“花隈”搭上关系呢？

然而刚刚烂醉如泥的冈本分店长却说起了“花隈”——服部三绘子的母亲就是“花隈”里的人。虽然她在很多年以前就去世了，但服部三绘子却很有可能还和花隈相关者有所联系。

省吾又想起三绘子那盛气凌人的鼻子，他在回忆某个人的时候总是先从鼻子开始。

这时，一种莫名的感觉忽然在省吾心里乱窜——到底是什么样的感觉，他自己也说不清楚，既不是不安，也不是恐惧，更不是欢喜，反正就是觉得自己在惦记着什么——难道，自己已经迷上服部三绘子了？只不过是今天刚认识的女人，甚至连话都没说过——难道真有这种事情？

省吾已经醉得不轻，他坚信绝对没有这回事，想着想着就睡着了。

第二天一早来到公司，他又一次仔细打量了服部三绘子的鼻子，然后忽然想起：“啊，原来如此……”

虽然服部的脸、眼睛什么的跟嫂子完全不一样，但鼻子却和嫂子非常相似。如果眯着眼睛，忽略其他部分，只专注地看鼻子的话，就越发感觉像了。

中部隆起的罗马型鼻梁，虽然不宽却很笔直，两个鼻翼柔和的弧度恰好缓和了翘起的鼻尖所透出的冷傲——正当省吾肆无忌惮地打量那个鼻子时，服部从文件堆里抬起头，跟省吾的视线撞了个正着。省吾慌慌张张地把头低下去，忽然想到——通过她不就能跟“花限”搭上边了吗？

但似乎事情并不会这么简单。在这之前还有很多复杂的铺垫要做。首要的问题就是，他是怎么知道她跟“花限”有牵连的，这需要编个幌子来说通。分店长曾经嘱咐过他“千万别跟其他人说”。如果让三绘子觉察到他已经知道其母亲是花限的艺伎，并且还是佐仓欣太郎的情人的话，她也可能会很不高兴。制定纷繁复杂、拐弯抹角的策略，正是省吾的弱项。

这时，分店长拍着脖子朝这边走了过来。昨晚他喝得太多，到现在还是一脸疲态。“叶村君，之前跟你说的那个周六的宴会，你能不能帮忙做一下招待？”冈本问省吾。

“好，没问题。”叶村应道。

这时，对面的三绘子插话道：“哎呀，分店长，你让叶村帮忙也太过分了吧，那是他的欢迎会啊！”

听了这话，分店长把按在脖子上的手挪到了头上：“可是那个宴会，表面上还是为了招待客户而开的啊……不过，听你这么一说，我心里都有点过意不去了，哈哈哈——”冈本故意撇着他那蹩脚的关西腔，说完后大笑了起来。

“又在糊弄人。”三绘子说完又投入到了工作里。

从这点可以看出，她脾气确实够直爽。

“那就没什么好担心的了。”省吾忽然看到了希望。

下午，分店长把他叫到办公室，让他整理出参加宴会的嘉宾名单。因为展出的商品大都是家具的抛光剂，所以嘉宾也大都是相关领域的人。其中，大阪的客户最多。名单中有客户、银行的人、跟公司关系密切的人，还有帮助研发新产品的K大学的化学教授。

“虽然找了大学的教授帮忙，但关键的原浆还是从美国的范戈森公司进口的。这也是‘月光’的光泽效果无法被别人复制的秘密。一个酒瓶量的原浆就足够生产一年份的‘月光’了。”分店长得意地向省吾解释，省吾却听得云里雾里，他脑子里只有服部三绘子的鼻子。

“对了，我还有话对你说。”冈本忽然压低了声音。

“什么事？”省吾急忙正坐地洗耳恭听。

“现在我跟你说的这个东西……”冈本又谨慎地环视了一下只有他们俩的办公室，神态就和昨晚他告诉省吾三绘子的身世时一样，“其他公司都对我们公司的这个原浆虎视眈眈。他们的奸细可能已经打入了我们公司内部，正挑唆着公司的人把原浆偷出去卖了呢——也就是所谓的商业间谍。我们正在调查到底谁是商业间谍。现在我们已经把够用半年的量稀释五千倍放到工厂里面了，稀释品已经不是秘密了。但关键是这个原浆。这个原浆必须要交给我信得过的员工保管才行……我这样说你明白了吧？然后，我会把原浆在你那里的事装作不经意地透露出去。公司内部的那些商业间谍会觉得分店长不好收买，但一般店员的话，他们肯定还是敢尝试的，明白了吗？”

“也就是说，我是个诱饵？”

“嗯，答对了，不愿意？”

“当诱饵倒无所谓，但千万别真把那么重要的原浆放在我这儿。”

“好，就这么定了。还有就是，这个计划一定要保密。”冈本站起来，从钢制保管箱里取出一个高三十厘米、直径十五厘米的圆筒形包裹。包裹用没有任何图案的蓝色包装纸包着，外面再用绳子绑成十字形系着。冈本把它拿到省吾耳边摇了一下。

里面传出了“咕咚咕咚”的声音。

“你就把这个当原浆吧，其实是威士忌，现在就奉送给你。你把这个小心拿回去，然后妥善保管。本来不该让别人看到你把这个带回去的，但事实上最好是不经意地让别人看到，并且你还要装出一副非常谨慎甚至是紧张的态度。当然一定要自然一点，如果让人觉察到你是在演给他们看，那就糟了。”

“好难啊！”

“我觉得你能做到，才把这件事拜托给你的。”

省吾似乎很容易就会让人产生信赖感。哥哥和嫂子把给父亲洗脱罪名的大事托付给自己，现在分店长又拜托自己暗中侦查公司里的商业间谍——自己还真是够忙的！

回到自己座位后，省吾仍然没定下神来。他小心翼翼地用包袱把那个圆筒形的小包裹包好。

“叶村，你怎么了？看上去好像很紧张啊。”三绘子一副莫名其妙的表情问道。

“嗯？没，没怎么。”一边说，省吾一边心想，“没想到，我的演技还可以。”

抛光剂“月光”的发售纪念晚会在K会馆的五楼大厅里举行。星期六下午两点开始，一切都按部就班地进行。

首先，姬路工厂的川岛厂长，用一种专家的口吻结结巴巴地介绍了一下新产品的特点。接着，樱花商事的冈本分店长，口若悬河地说了一些客套话，大体意思就是恳请莅临的各位嘉宾在新产品的销售和宣传中给予帮助。再接下来就是各位嘉宾的致辞了。

每个酒桌上都有公司的职员，他们陪客人喝酒，极尽逢迎之态。省吾所在的那张桌子上，有几个是家具店和百货商店家具部的主任，再就是K大学的吉冈教授了。

这位搞应用化学的吉冈教授看起来非常开朗健谈，时不时冒出一句装傻充愣的话，把全桌人逗得哈哈大笑，也让省吾轻松了许多，甚至开玩笑说道：“这里都可以拜托吉冈教授您了！”

接近四点的时候，冈本分店长提高嗓门开始发表闭会致辞。

“非常感谢各位嘉宾今天能莅临会场，现在我宣布，今天的宴会到此为止。最后还是想再啰唆几句，‘月光’的销售和宣传上，还请各位多多帮忙。桌上还有很多吃的喝的，不着急走的嘉宾，可以在闭会后继续享用。”

下面掌声一片。

为从东京调过来的员工准备的欢迎会，实际上现在才刚刚开始。

听完闭会致辞之后，大部分嘉宾都回去了，剩下的大都是公司的职员，以及跟公司关系特别密切的，相当于内部人员一样的人。

“好，现在新人们都到这里集合。”冈本像发号施令似的说道。

包括省吾在内，最近从东京一共调过来五个人。

“好，接下来就交给我了。”吉冈教授说完，便给省吾他们几个新人倒满了啤酒。

呆板乏味的宴会终于结束了，接下来就是让公司职员无拘无束、开怀畅饮的宴会了。刚才一直在幕后服务的员工和在酒桌上伺候来宾的员工，现在感到被解放了，身边也全部都是自己人。

省吾刚调过来，很多人都还不认识。分店长就借宴会的机会，挨个给他介绍了公司里的人。

——这位是被认为是未来分店经理的会计师，春名甚吉。

——你好，我是叶村，以后请多关照。

——来，喝一杯。

春名甚吉斜着身子拿出了酒瓶，而事实上他看着的却是正前方，只不过他左边的额头已经秃到脑勺，而右边的额头却没有秃，所以看起来极度不平衡。不仅仅是脸，整个身子看起来都是斜着的。

——这位是负责公司保险业务的土井。

——你好，我是叶村。以后请多关照。

——那么，为了我们的友谊……我先干为敬。

土井嘿嘿笑着往酒杯里倒满了酒。

——谢谢。

接下来还有仓库公司的主任、代理海关事务的经纪公司的常务理事、一直为姬路工厂提供服务的运输公司社长……

省吾一杯接一杯地敬酒。

他不经意地往旁边一看，发现服部三绘子正皱着眉头看着自己，于是他朝服部点了一下头，心里美滋滋的。

——那种表情表示她正在担心我。

先前的宴会上，因为拘谨而没怎么吃桌上饭菜的员工们，现在都放开胆子，从手边开始拿到什么吃什么。吉冈教授唱了一首自己拿手的高中时代的舍歌之后，无拘无束的宴会达到了高潮。

“尽情地喝！”分店长也开始煽动大家。

省吾终于从刚才那些“初次见面”的寒暄中解放出来，会场现在已经是一片混乱，三绘子也不在原来的地方了。他开始搜寻三绘子的身影。

省吾已经有点醉了，平时说不出口的话也敢说了，他现在非常想跟三绘子说话。

三绘子站在会场的一个角落里，容貌秀丽又可爱的她，今天一直担任着公关角色，非常忙碌。

省吾走到她面前说道：“服部君，今天真是辛苦你了。”

“谢谢！”三绘子故意装作若无其事地说，“叶村君，你今天可真能喝呀！”

"没办法啊，又推辞不掉。"

"哦，是吗？"声音里略带着点讥讽和责备。

"今天真的是辛苦你了。"反复说同样的话是喝醉后的通病，无论老少。省吾端着盛满啤酒的酒杯，朝三绘子鞠了一个躬。

"没关系，我已经习惯忙前忙后了。下了班回到家，我也会东忙西忙的。"

"在家你会忙些什么呢？"

"我啊，主要是打理母亲留给我的公寓。"

"哦？公寓啊……那里面还有空房间吗？"

"为什么要问这个？你想租？"

"我不太喜欢公司帮我找的公寓，钢筋混凝土的房屋不太适合我。"

"可真不巧，我家的公寓也是钢筋混凝土的，并且现在也都住满了，就是有空房间也不能租给你。"

"为什么？"

"因为我家的公寓在'花隈'区，红灯区的正中间哦。"

"哦，'花隈'区啊……房子先不说了，我真想去那边看看呀。服部，你对'花隈'熟悉吗？"

"那当然，我可是在'花隈'长大的，我妈妈还是'花隈'的艺人呢！"说到这里，三绘子突然停了下来，待在那里盯着省吾。可能是喝了一杯啤酒的缘故，她的眼角开始有些泛红了。她低下头不好意思地说："叶村，你是不是瞧不起我？"

"别说傻话。"叶村认真地摇了摇头，"艺伎有什么不好的，我父亲还是个贪污犯呢！那……服部，你听了这个，难道会瞧不起我？”

三绘子半信半疑地看着省吾呢喃道：“贪污犯？”

“对，事实就是这样，但当时我父亲好像也是迫不得已——那已经是五十多年前的事了。事实上，这次我来神户也是为了调查这件事。据我现在的调查，‘花隈’是打开父亲贪污事件谜团的关键，所以，我对‘花隈’很感兴趣。”

“不太明白你说的……”三绘子露出无法理解的神情。

“服部，刚才听你说，你是在花隈长大的。那你有没有听说过‘吴练海’这个人？”

“吴练海？”

三绘子低头想了会儿，然后摇头表示不知道这个人。

“果然不知道。”省吾说，“不过也没关系，毕竟是五十多年前的事情了。这个吴练海是个中国的革命家，并且与花隈的一名艺伎结了婚。如果能找到这个人的话，说不定就能洗脱父亲的罪名，所以这个吴练海我是必须要调查的。”

“跟‘花隈’的艺伎结婚的中国人？既然是五十多年前的事情，那可能有些老人会知道这件事。”

“你能帮我打听下吗？如果可能的话，请帮我介绍一下认识吴练海的人，我想亲自跟她谈谈。因为这事关我父亲的名誉。”

“嗯，好的，我打听打听吧。”

现在晚会气氛正高。脸形圆圆的小川过来搭话道：“哟，两个人挺亲密的嘛。”

“讨厌。”三绘子皱了皱眉，小声地说。

喝到兴头上的吉冈教授这时也跑过来插到省吾与三绘子中间，把酒杯放到身前说：“叶村君，原来你在这里。我可一直在找你——来，唱一唱你母校的校歌。”

“哎呀，饶了我吧！”省吾显得非常为难。旁边的会计春名为了给他台阶下，便说道：“唱一首吧！要不你就把吉冈教授手上拿的那杯酒喝了。”比起在众人面前显露自己五音不全的嗓音，喝杯啤酒可要轻松多了。“那，我还是喝酒吧！”听了这话，吉冈教授舌头打结地说：“哎呀，你太狡猾了，好吧，你就把这杯喝了吧！”

省吾接过酒杯，一饮而尽。三绘子站在旁边，担心地看着。

此次“月光”发售纪念会可让省吾收获颇丰。他借着酒劲儿，坦诚地跟三绘子说了父亲的事情，三绘子也答应给他介绍上了年纪的艺伎。宴会结束回家的时候，省吾和吉冈教授一起搭了住在芦屋的会计师春名的便车。在车上，省吾问吉冈认不认识研究地方历史的教授，吉冈说文学部有个叫山本国彦的副教授，非常优秀，是研究地方历史的。

“您能帮我引荐一下吗？我有事要请教。”

“没问题，改天给你介绍一下。山本就跟我的干儿子一样。他可是非常优秀的青年学者。”

“那就拜托您了……您应该不会忘记吧，您今天喝得也不少。”

“没事，这点酒还不至于。”吉冈拍着胸脯说。

吉冈教授“酒豪”的称号还真不是吹的。那天喝了那么多酒，还能记着省吾拜托给他的事。星期一早上，省吾刚到公司不久就接到了吉冈教授的电话。

“上周六你跟我说的事，我已经跟山本君说好了。只要是有关地方历史的，你尽管问。山本可是个非常优秀的青年呢，你要不要跟他见一面？地方历史的范围太广了，你还是见个面跟他具体聊一下吧。边喝边聊——好吧？”

“好的，求之不得。”省吾回答说。

“那你什么时候方便呢？”

“什么时候都行。”省吾摸了摸自己的口袋，又说，“不过，还是越快越好。”

“这样啊，那就今晚上吧。山本君今晚有空，我也刚好可以陪陪你们。”

“好，那就今晚上吧，您说个地点吧！”

“考虑到你刚来，对神户还不太熟悉，得找个你容易找到的地方。A 大厦比较好找，大厦地下有个叫‘秋帆’的关东煮店。我们六点在那里见。”

挂了电话，省吾从口袋里掏出一封信，这是嫂子昨天寄给他的。

省吾，你现在已经安顿下了吧。你哥哥的病情还是没有好转。所以，尽管我知道你刚调过去有很多事忙，还是拜托你尽快调查那件事。实在是拜托了。你哥哥一直期待着你能从神户的华侨那边查到线索。

顺子也非常好。这段时间，比起绘画，她更加热爱文学了，还写了几篇小说呢。据说，学校的杂志要登载她的二十篇短篇。她到底能写出什么样的小说呢，真令人期待。据她老师说，这些小说都非常具有她个人的特色，能充分体现她在这方面的天赋。

你一个人在陌生的地方生活，务必要多注意身体。

省吾读完信后，生出了一种被催促的感觉。

本来省吾就是个慢性子，做什么都不慌不忙。刚才吉冈教授打电话来说要介绍山本副教授给他认识，若是平时，他至少也要拖一两天才会答复。可是，他忽然想起了口袋中的信，就跟吉冈说“越快越好”。

来到神户已经一周了，为父亲洗脱罪名的调查还没有正式开始，只停留在通过三绘子和吉冈进行准备的阶段。他不停地给自己打气，催促自己：“这几天一定要让调查进入实质性阶段。”

五点，省吾准时离开公司，距离约好的时间还有一个小时。A大厦就在公司旁边，所以他先回了趟六甲的公寓。他觉得还是直接把大宫虎城写的那本《邯郸之梦》带过去给山本看一下，会比较容易解释。一个小时完全够打个来回了。

回到家，他刚打算伸手去拿那本放在收音机上的书时，忽然发觉有所异样。早上他读完嫂子的信，又想再看一遍《邯郸之梦》。

读完之后，他就随手把书扔在收音机上，书的一角稍微掉在了外面。

当时他急着去上班就没有管它，但现在这本书没有一点是掉在收音机外的。虽然位置和角度只是发生了很小的变化，但确实跟早上的位置不一样了。今天也没有发生让书本动摇的地震，房子也是混凝土的，邻居孩子就是再闹腾也不至于会让这本书移动。

省吾环视了整个房间。因为是一个人住，房间里并没有什么贵重的家具，他在东京买的那些不值钱的东西，觉得没必要带到这边来，就全留在嫂子那里了。所以他这间六榻榻米的房子虽然狭窄，却显得空荡荡的。

桌子一张，书架角落里是收音机，旁边摆放着五十几本书。除了收音机上的《邯郸之梦》稍微变了一下位置以外，其他地方似乎并没有发生什么变化。而之所以能发现《邯郸之梦》的位置变了，也是因为当时刚好注意到书角露了出来，至于其他的家具，原本就没有太过在意，就算位置有些微的变动也是看不出来的。

总之，肯定有人来过这房间。他打开壁橱看了一下，里面还是早上将被子塞进去时的那个样子。

——不对，重点不是壁橱。

省吾急忙走到门边，掀开旁边的帘子。帘子后面有个放鞋的箱子，平时上面就放着一些打扫卫生的工具。他使劲向箱子后面伸过手去。

——找到了。

是之前那个蓝色的圆筒形包裹。他拿起来在耳边晃了晃，听到里面还有声音。分店长说里面装的是威士忌。包裹外面用绳子打的十字结也还是原来的样子。

如果说这屋里有值得别人觊觎的东西，也就是这瓶分店长交给他的用来引商业间谍出动的“月光”抛光剂原浆了。这个瓶子从一开始就是预备好让人觊觎的，只不过，目的却是想利用这个瓶子引诱社员中的某人前来跟省吾套近乎。像这样趁省吾不在家，溜进来偷窃的话就令人头疼了。虽然东西是假的，被偷了也无所谓，但这样一来就弄不明白到底是谁在搞鬼，也无法达到分店长的目的了。想到这里，省吾变得有点郁闷。

平时，早上八点到下午五点半省吾都是不在家的。房间钥匙也是平常用的普通钥匙，所以在他不在家的这九个多小时里，小偷完全有充裕的时间慢慢撬锁进来。而且这幢公寓很大，进进出出也不会有人注意到。

然而就是再厉害的贼也绝不会想到，那么重要的原浆竟然就放在铁桶的后面，而且还和一堆清洁工具乱摆在一起，就算看到了，也只会认为那是洗涤剂之类的东西。也是出于这个考虑，省吾才选择了这个地方放置假原浆。

“唉，算了，反正是一瓶威士忌。”天性乐观的省吾也没再顾虑太多，把书装进文件袋就去赴约了。

“我明白了。”

在“秋帆”关东煮店，听了省吾的问题后山本国彦沉稳地说道。

虽然山本还不到四十岁，看起来却非常老成。头发整齐地梳成三七分，棱角分明的脸上挂着一副度数极高的眼镜，一副主人姿态地端坐着。那双纤薄的嘴唇也紧紧地合成了一个“一”字形。

“虽然‘吴练海’这个名字我没听说过，也没见过，但是我知道在辛亥革命以前，确实有很多中国革命者来到日本，长期逗留在华人聚集的神户。就像你刚才说到的，他们大都肩负着秘密任务，一般都会隐姓埋名，所以像我们这种以史料为依据的研究者是很难查到他们的真实身份的。当然，我说没听过这个名字并不代表这一事实就不存在。”

说完，山本把酒杯放到嘴边，像在舔酒一样地把酒慢慢喝完了。盛得满满的杯子毫无倾斜地就空得一干二净，这种喝酒方式省吾还是头一回见，不由心生佩服。

“总之，”山本又开口说，“虽然我现在不知道吴练海这个人，但从我掌握的资料里面也许能找到相关的蛛丝马迹，然后顺藤摸瓜去查就行了。”

“我哥哥也收集了大量的资料，但关于吴练海之后的事，就只知道这些了。”省吾把夹在《邯郸之梦》里的那张纸片抽出来给山本看。

山本看了以后严肃地摇了摇头：“资料的海洋是无边无际的。”

“没错，说得好，说得好啊！”这时吉冈教授从旁边插了一句。

“据哥哥的推测，”省吾接着说，“住在神户的华侨之间，肯定还有我们没掌握到的资料。”

“完全有这种可能。”山本说，“可是，对外公开的资料早就在二战末的空袭中烧毁了，现在只剩一些个人手里的资料了。

而在这些人里面，住在六甲的汪氏家族的资料最多，可以称得上是个资料宝库，但可惜的是，到目前为止还没有完全整理出来。”

据山本说，二战之前，神户海洋气象台下面曾有一座纯中国式的建筑——神阪中华会馆。当时它是逗留日本关西地区的华侨的中心。不称作“阪神”而命名为“神阪”，就是因为当时神户的华侨要比大阪的多，势力也要更强。这座会馆历史悠久，里面同时供奉着孔子和妈祖观音等。据资料记载，中日甲午战争爆发时，当地日本人的民族情绪高涨，扔石块攻击会馆，给会馆造成极大的损害，导致后来不得不重新进行修缮，想必扔进去的石头定是相当巨大。

与当地华侨有关的记录，大都存放在这所会馆里。然而非常不幸的是，它在一九四五年六月五日的空袭中化为了灰烬，只剩下一堆瓦砾。各种记录和文件也在那时被烧光了。

孙文也曾经来过这座会馆，所以会馆的历史是比较辉煌的。但二战以后会馆没有重建，而是在原来的地方建起了一所华侨学校。

除了这座会馆以外，当地还有华人同业工会，按籍贯分为三部分。其中最大的是以广东出身的商人为会员的“广业公所”，会员人数一般维持在五十人左右。另外两所分别是福建商人成立的“福建公所”和江苏、江西、浙江等长江下游各省商人建的“三江公所”。可是，这三个公所也在空袭中被全部摧毁，保存的文件也全部流失了。

听到这里，省吾深深地叹了一口气。

“你的意思是说，华侨那边的资料也没有指望了？”

“也不能这么说。”山本不紧不慢地说，“刚才跟您说了，现在很多个体华侨的家里还留有一些资料，但华侨社会也是荣枯盛衰，变幻无常，保存有这些资料的几个有实力的人的子孙现在不是归国就是破产了，各类资料也随之流失。但是，住在六甲的汪志升家族不但躲过了当时的空袭，也没衰败破产，所以他家的资料相对来说还是比较完整的。”

“这么说，汪氏家的资料还是有希望的？”

“没错。汪氏已经把祖上传下来的别墅改造成了宾馆，现在生意很红火。可是，他对这些破旧记录一点兴趣都没有，前段时间我碰到他的时候，他还跟我说，为了扩建宾馆，想把那老土仓推了，里面的破烂家具也得尽快处理掉。我当时就回去跟学校交涉，看能不能把那些记录买下来……”

听到这儿，省吾开始想象自己在那些杂乱无章、堆积如山的旧文件中间搜寻资料的场景——拂去上面厚厚的灰尘，翻看被虫子咬过的资料——怎么想都觉得这些事与自己的性格不符。

“肯定很费劲儿吧，在那么一大堆没有整理过的资料里面查找。”省吾忍不住问了一句。

“我有时会去那里查些东西，就顺便整理了一下，现在好像只整理出了三分之一左右……剩下的都还没有整理。当然，都没什么用处，都是些没用的破烂东西。汪氏祖先是个春宫画和黄书的收藏家，连与之相关的垃圾书都有。”

“哦，明白了。”省吾点头，表示已做好心理准备。这时，吉冈教授从旁边插话说：“我说山本君啊，对那些资料你可不能一概而论，不能把它们说得一点儿价值都没有。我觉得那些资料可都是非常珍贵的，你的想法有点狭隘了啊。既然你觉得没用的话，那些黄书和春宫画就让给我吧？”

“那……等汪氏处理那个土仓的时候，我们再跟他商量一下吧。”山本没有半分笑容地答道。

“那么，”省吾有点拘谨地说，“你能不能把我介绍给那个汪先生呢？查资料我实在是不在行，如果您能帮我查一下的话，那真是再好不过了……”

“嗯，非常乐意。我也能顺便查点资料。”山本说“非常乐意”这几个字的时候，脸上仍然没有一点表情。

“难道这家伙是个专门搞研究的机器吗？”省吾在心里想。

山本又非常熟练地舔干了一杯酒，杯子毫不动摇。

“那我们什么时候去查呢？我想早点去会比较好吧……”省吾尽量不让对方觉察到自己是在催促。

“真不巧，这周是去不了了。汪先生正在香港旅行。前几天，我曾因查资料的事给他打了个电话，他说下周才能回来。”山本还是面无表情地说。

“秋帆”这家关东煮店非常干净整洁，又不失静雅，让人心情放松。深红色的桌椅罩布给这家店增加了一丝华丽，而且老板娘看起来也非常温厚，虽然年纪稍大，但高高的个头和俊秀的脸形还是散发着一股美人的气息。

谈话暂告一段落，吉冈教授把脸转向省吾问：“这里还不错吧？”

“嗯，很不错。”省吾环视了一下四周。这家店给人的感觉确实非常好。

“这位就是老板娘。”教授看到老板娘端着酒过来，就对省吾说，“怎么样，漂亮吧？”

“哎呀，不要拿我开玩笑啦！”老板娘脸上微微泛红，虽然上了年纪，骨子里却依然透着点清纯。

“好，我来介绍下。这位是樱花商事的叶村君，刚从东京过来。这位老板娘可是个了不起的女人啊，以前还是‘花隈’那边的人呢，名叫秋帆……”

秋帆微微地点了下头。见此，省吾也急忙点头还礼，耳朵里不断回响着“花隈”两个字。

三绘子给省吾介绍了一个叫“茜草”的花隈老艺伎，并约好这周三晚上见面。

茜草与三绘子的妈妈关系非常好，到现在她还把三绘子当自己的孩子疼爱。她今年六十五岁，算起来发生贪污事件的时候，她也就十几岁。她说对吴练海这个人没什么印象，但她曾从前辈那里听说过花隈艺伎与中国革命党人结婚的事。并且她还认识那个年代的很多花隈艺伎，所以她会先帮省吾从各方面打听消息。

可是，周三早上省吾刚到公司，三绘子就过来很不好意思地说：“刚才茜草阿姨打电话来，说她突然病了，所以今晚不能和你见面了。非常抱歉。”

“哪里，生病也是没办法的事。”看到三绘子有点沮丧，省吾倒反过来安慰她了。

“真的是非常对不起。为了赔罪，今晚上我请客。”

“哦，那我可赚到啦！”

如果省吾是发自内心地为了给父亲洗脱那五十多年前的罪名而积极调查的话，听到今晚不能与茜草见面的消息心里肯定会感到很失望。然而事实上省吾现在却觉得心花怒放，因为托茜草生病的福，今晚他可以跟三绘子单独相处。哥哥对这件事的执念还没有感染到他。

关于那件事和吴练海，他现在已经开始从各个方面展开调查，比如花隈的茜草、山本国彦副教授，还有汪志升。不用急在一时……省吾在心里这样为自己开脱。然而，当他把手伸进口袋时，却忽然感到了一丝内疚，那里面正放着嫂子刚寄给他的信。

> 省吾，上次寄给你的信，你肯定看了吧。虽然这样说有点催促你的意思，但还是想嘱咐你一下，如果有什么进展的话，请尽快联系我们，你哥哥正翘首企盼着你的消息。还有顺子，新学期都开始了，她还是一天到晚地不停构思她那些小说，真是让人不省心。

嫂子为了缓和催促的语气，就把顺子的近况委婉地报告了一下。

上次嫂子给他写的信，省吾到现在还没有回。

受到晚上约会的鼓舞，整个上午省吾都在全神贯注地工作，下午三点左右他就把一天的工作弄得差不多了。他想起要给嫂子回信的事，就展开信纸，提笔写了起来：

敬启

你寄过来的信我已经收到了。刚调到这边来，有很多乱七八糟的事要做，所以没来得及回信，实在不好意思。

我已经开始按部就班地调查那件事了。有关华侨那边的资料，我从一个专门研究地方历史叫山本国彦的K大副教授那里打听到，有个叫汪志升的华侨家里留有很多当时的资料。我们正准备去他家查，但是，汪氏这周正在香港旅游，下周才能回来，所以我们约好下周去他家。还有就是花隈那边的情况，本来今晚约好跟一个叫茜草的老艺伎见面，结果她打电话过来说她突然病了，所以这事也不得不往后拖几天。情况大体就是这样，进展还算顺利，请你们放心，我绝对不会偷懒。代我向哥哥问好……

还有就是顺子，你得提防着她以写小说为借口在学业上偷懒。我觉得你真的是太溺爱她了。

写到这里，一个服务员忽然走到省吾身边。省吾急忙用文件遮住了还没写完的信。

“叶村，分店长叫你过去一下。”这个非全日制高中二年级的女孩子脸上带着坏笑说。省吾往对面看了一眼，三绘子也在笑，笑得她那件柔软的桃色毛衣也鼓起来，随着笑声此起彼伏。

到了分店长的办公室，冈本分店长也在笑，不过，他笑得跟别人不一样，他是幸灾乐祸地笑。

“不好意思了，得让你去一下姬路的工厂。”

“现在？”

“嗯，是的。”

“那回来就会比较晚了吧？”省吾看了看手表，已经三点多了。

“对啊，姬路比较远，你得做好心理准备。”

“是吗……”

省吾的心凉到了极点，期待了一天的跟三绘子的约会现在泡汤了。

“你去的任务是处理那边场地的问题。”分店长毫不在意省吾的失落情绪，开始谈起工作内容。

现在，姬路工厂正在扩建中，原先放原料的地方不够用，所以公司正在计划购买场子旁边的那片空地。会计师春名正在研究此事，具体的交涉还得分店长亲自出面。但现在还不是时候，为了探一下对方的底，就先派省吾过去交涉一下。

“看你今天的工作也做得差不多了，所以这件事就拜托你了。”

“好的。”省吾一边听一边不停地在心里叹气，本来是为了约会才那么拼命工作的，结果反而把约会破坏掉了。

去姬路来回至少要花三个多小时，在那边处理事情也得一个小时，所以回来得很晚是肯定无疑的。

看到省吾一脸的不情愿，分店长张嘴大笑了起来。

“哈哈哈，刚才跟你说的都是玩笑，并不是看你闲着才给你找事儿做的。实际上，本来是春名要去处理这件事的，但账务上他有事必须得跟我商量，所以抽不开身，只有拜托你了，这可是春名点名让你去的哦！”

分店长似乎觉得直接跟省吾说派他去是因为看他闲着没事干，会让他觉得这件事随便谁都能做，有可能伤到省吾的自尊心，就改了口。

省吾走回自己座位之前，先到三绘子旁边小声说道：“今晚上恐怕不行了，我现在要去姬路工厂，肯定回来很晚。”

三绘子那件桃色毛衣又轻轻地摇了摇，笑着说：“太好了。”

“啊？”

“也就是说就算茜草阿姨不生病，今晚你们也见不了面了，想到这点，我忽然没有负罪感了。”

省吾回到自己的座位上，在那张没写完的信纸上写下了最后一句话：“那么，请多保重！”

收拾好办公桌，省吾带上文件袋准备出发，这时旁边的电话铃响了。是山本国彦打过来的，他用给学生上课的腔调说：

“关于吴练海这个人，上次你给我看了有关他生平的记录，那上面好像只写到一九三五年，当时他正担任上海民生银行的董事长，往后就没有了吧？我向我们大学专门研究中国近代经济史的同事打听了一下，得知吴练海后来去重庆当了政府的财政顾问。

一九四一年，他又受政府之托去美国处理救援资金的汇款事务，之后就定居美国了。‘二战’结束后，他辞去在政府的工作，与美国的华侨合伙做起了金融买卖。再往后的事，就超出中国经济史的研究范围了，同事也没法再往下查。所以，有关他以后的事，与其向我们这些专门搞研究的打听，还不如直接去向那些与在美华侨关系比较密切的商人打听打听，那样会更快些……”

姬路的工厂正在大张旗鼓地扩建当中。工厂的噪声震耳欲聋，在办公室里说话也得扯着嗓子大喊，要不然对方根本就听不见。

“好吵啊！”省吾大声对川岛厂长说，川岛也大声回答道：“你先去看看场地吧，现在对方已经允许我们暂时把材料放那里了。”

二人都觉得这样吼来吼去的对话很滑稽，于是不约而同地笑了起来。川岛又大声道：“现在我就带你去看看那边的场地。”说完难受地咳了起来。可能是在这里长期喊着说话，把嗓子给累坏了。

工厂计划要购买的那块地就在厂子的西边，总共五百坪[1]，用栅栏围着。跟卖家商谈以后，暂时租了一段时间，在栅栏上开了几道门以方便出入。

“价格方面我们也研究了附近的地价，但像这种事情都是卖方说了算，很难跟他们讲价。”川岛边走边给省吾解释。虽然还能听到工厂的噪声，但现在已经小了很多，所以他们也就不用扯

[1] 日本面积单位，一坪约 3.3 平方米。

着嗓子说话了。

到处都是堆放的材料，他们就在那里面钻来钻去。天空像蒙着一层白纱，说晴不晴，说阴不阴，让人昏昏欲睡。唯有东边的那片天，露了一点蓝色——就像夜间巡逻的警察一样，只有那边清醒着。省吾心里想。他现在也昏昏欲睡了，什么都不想管，只想沉沉地睡下去。可是，他不能这样做，除了公司的工作，他还要处理哥哥和嫂子拜托给他的事。

氤氲天空中的那一抹蓝天，就像一双眼睛一样在注视着省吾，鞭策着省吾，让他重新打起了精神。

"到了五月，姬路可是非常漂亮的，下个月可以放下工作，过来游玩几天。"川岛望着天空，转换了一下话题。

"等公司买下这块地以后，我再过来好好玩几天。"

"到时候我领你逛逛姬路的夜景。非常地漂亮。"川岛在前面走着，省吾跟在他身后，一边深呼吸一边信步前行。两人之间大约隔着五六米左右的距离。

省吾忽然感到一种莫名的伤感。

时不时地他就会有种感觉，但却弄不清到底为什么伤感。现在他明白了，那是因为他想到了哥哥一家的事。现在哥哥的生命最多只剩几个月了，嫂子和顺子以后到底要怎么过？他们家已经快被逼到绝境了，因为哥哥的积蓄本来就不多……

到现在为止，省吾只是在心里默默同情哥哥一家人，但随着时间的推移，这种感觉开始在省吾心里生根发芽，潜滋暗长，让平时对什么都漠不关心的省吾感到自己也变得异常地多愁善感。

以前省吾的心就像这“春霞”天气一样，一直被什么东西包裹着，平稳而安静地跳动着，但那是一颗温温吞吞且毫无生机的心，对什么事情都提不起精神，所有事情对他来说都可有可无。然而，现在他感到他的心就像忽然往温水里灌注了热水一样，一下子有了生机和活力。

—— 只要是我力所能及的事，我一定会全力以赴。

虽说如此，但他只不过是一名普通公司职员，没什么了不起的能耐，眼看着哥哥一家被逼到绝境，而自己却无能为力，这也是最让他感到痛心和惭愧的。

省吾的脑海里又浮现出了嫂子那双满含泪水的眼睛，那双眼睛一直在盯着他，还有她那高高隆起的鼻梁，好像也湿润了。从嫂子的鼻子他突然联想到了三绘子。三绘子身上散发出的气场跟哥哥一家的完全不同，如果说哥哥一家让省吾感到阴暗的话，那三绘子带给省吾的感觉就是明朗活泼。这个落差让他不禁叹了口气。

省吾也不知道自己什么时候停下了脚步，等回过神来的时候，发现自己已经落后厂长十多米了。

——这可不好，他心里想。

于是他急急忙忙去追厂长，刚往前迈出一步，就感到什么东西从身后蹭了过去，好像空气也被什么锋利的东西切开了一般，让人一阵毛骨悚然。

他忍不住“啊”地喊了出来，紧接着地面上就传来一声闷响。他条件反射地往后一看，原来是搭在右边临时帐篷上，像铁轨一样的细长钢材倒下来砸到了地上。厂长闻声也把头转了过来，看到这个场景，他也忍不住喊了出来，吓得脸色都变了。省吾看了看脚下，僵硬的脸上硬挤出一点笑容，故作镇静地说："刚才可真险啊……"那根钢材比铁轨还要粗一点，大概有四十多米长，离他的脚跟仅仅只有不到十厘米！

省吾在从嫂子的脸联想到三绘子的那一瞬间重整了心情，并往前迈了一步，这之前他一直站在原地，而那根钢材就是冲着他刚站定的地方倒了下来。如果他晚走一秒钟的话，钢材就结结实实地砸在他身上了。如果砸到头上的话，肯定脑浆迸裂，当场毙命。那么重的钢材，就是砸到肩上也能把肩膀砸断，导致濒死的重伤。

可谓是真真切切的千钧一发！

省吾使劲咽了口唾沫："捡了一条命啊……"现在他的额头上挂满了汗珠，喉咙也干涸了。

"那边好像有人。"川岛厂长指着临时棚屋说，他声音嘶哑，眼神里明显带有恐惧。倒下来的钢材原先是搭在临时棚屋上的，旁边是一些水缸、混凝土袋，以及生了锈的钢材堆和木材堆之类的。

省吾朝他指的地方看过去，并没看到人影，悄悄问了一句："真的吗？"

"是瞥到有个人影闪了一下。"厂长也压低了声音说。

刚才在办公室还扯着嗓子说话的俩人，现在却变得像在说悄悄话一样。

搭在临时棚屋上类似铁轨的细长钢材一共有三根，倒下来的是中间那根，剩下的两根却安稳如初，完全没有一点儿要倒的迹象。

“为什么突然就倒下来了呢？”省吾看了看剩下的那两根钢材，自言自语地嘟囔了一句。

厂长表情严肃地对省吾说：“从倒下来的方式看，绝不是钢材自个儿倒下来的，你看，剩下的两根都站得稳稳的，就算倒下来的这根稍微歪斜，也不至于这样垂直砸下来，而是应该横着倒下来才对，所以肯定有人……”

省吾的身子忍不住颤抖了一下，他感到一股寒气在背上乱窜。

厂长说得很对，就是倒也只能是横着倒下来，而那根钢材是正对着省吾站过的地方砸下来的，所以肯定有人先把钢材垂直抬起来，再冲着省吾砸了过去。

厂长猫着腰朝小屋走了过去。

“果然被我说中了——这绝对不是件偶然事故。”说完，厂长指了指地面。那里还留有倒下去的钢材插在地上的痕迹，刚好跟其他两根在一条直线上，这也就是说，三根钢材原先站立的状态是一样的，或者说三根钢材同时往一边歪着，所以就是倒，也绝不会往前这样砸下来。从那个痕迹来看，倒下的钢材也明显是被人从土里拔起来，旁边的泥土被掀起了一大片。水缸和混凝土堆起来的小山也刚好能遮人眼目，推倒钢材的那个人肯定也是以此为掩护顺利逃脱的。

“为什么会冲着我来呢，没有理由啊！”省吾说。

厂长严肃地盯着省吾：“叶村，你好好想想最近有没有得罪过什么人？比如因为钱的事，或者是因为女人？”

“一点头绪都没有，我可是刚来神户没几天，怎么会得罪人呢？”虽然这么说，但省吾忽然想起了那本被人动过的《邯郸之梦》。

“会不会跟这次的土地买卖有关呢？如果是这样的话那也太恶劣了。难不成是小孩子的恶作剧？这地方虽然用栅栏围着，但附近的小孩子也经常会爬进来干些很危险的事情。”川岛厂长把胳膊交叉在胸前，低头沉思起来。

二

“哎呀，不要客气，一口喝尽！”茜草不停地劝省吾喝酒。

花隈这个地方，南北向是一个非常宽阔的大斜坡，东西向则是一些寂静的小胡同，这些胡同与斜坡相连，交织成网状。斜坡非常陡，让人感觉站在上面能从那儿一下滑到对面的港口。南北向的斜坡非常繁华热闹，把东西向的那些小胡同衬得格外安谧寂静。

茜草的家就在胡同的一个角落里，虽然不是很宽敞，但给人感觉很别致。

“这里就如同隐居之地。”茜草带着给自己辩解的口气说。她现在精神非常好，根本看不出已经六十五岁了。女儿经营着一家小饭馆，所以她可以轻松快乐地安享晚年。她在红灯区长大，又经历了红灯区最繁华的一段时期，所以现在她骨子里还散发着那个年代的余韵，而房间的布置也非常切合她的这种气质。

“我是在一战的时候开始当艺伎的，那时候这里的生意非常好。你说的这里的艺伎嫁给中国革命者的事就发生在那之前。那时候我们还都是小孩，所以也不是很清楚当时的情况，所以我请来了春子，她对那个时候的事情非常熟悉。”茜草说着就介绍了一位老女人给省吾。她叫春子，从明治末期到大正（一九一二年至一九二六年）初期一直从事艺伎这行，现在已经是个七十多岁的老婆婆，气场跟茜草完全不同，身上没有一点艺伎那种特有的妖艳和娇媚。她的嘴里像含着东西一样，不停地蠕动着，说话非常不清晰。

“……我曾经目睹过孙文先生的风采，真的是一个非常了不起的人……跟随他的人个个风度翩翩，无论是日本人还是中国人都为之佩服。”春子就这样开始对省吾说起了那个年代的事情。

期间，茜草依然不停地给省吾敬酒：“上次真是不好意思，好不容易约好了，又因为我突然发烧，没能见成。心里也觉得很对不住三绘子。所以今天，你在我这里就不要客气，一定要喝尽兴。”

“茜草阿姨，我们今天可不是专门跑来喝酒的，是为了打听事才来的！”三绘子从旁按住茜草的手腕，但茜草还是给省吾又倒了一杯酒。让来让去反倒麻烦，省吾索性就不客气了，茜草给他倒多少，他就喝多少。

春子沉浸在她那优美漫长的回忆当中，说了老半天也没进入主题。

“那些革命党人，在酒桌上很少谈与革命相关的事，偶尔说几句也用汉语说，我也听不懂。对了，有个人非常健壮，叫什么名字我记不起来了，之后他出人头地，是个很了不起的人，他能一口气喝掉一斤酒……”说到这儿，春子才把话题慢慢引到了神户。

省吾也想了解一下吴练海那个时代的社会背景，就把春子此前说的那些貌似跟他们要问的事毫无瓜葛的话认真听了进去，但三绘子却有点坐不住了：“阿姨，我们想听一下那个叫吴练海的人的事情，还有就是，那个嫁给吴练海的艺伎叫什么呢？”

春子又开始蠕动着嘴：“那个吴先生来神户住的时间并不长，具体的事情我也记不太清楚了，但我还记得他皮肤非常白，而且胖乎乎的——有关他的记忆，就这么点了。”

“也就是说你跟这个吴先生也不是很熟？”茜草问了句。

“嗯，那个人每次来都只叫诹访子一个人，我只见过吴先生两三回，但觉得他非常有男子汉气概，还有传言说他是诹访子的男朋友呢。如果不是别人说，我还真没看出他跟诹访子是那种关系。”

“这个诹访子就是跟吴练海结婚的那个艺伎吗？”省吾忍不住问了一句。

“嗯，是的。”春子张开她那掉光了牙的嘴说。

“那个吴先生应该经常来花隈吧？”

“是的。”春子继续蠕动着嘴，“但是，刚才我也说了，他每次来这里，只叫诹访子一个人，我们也就是偶尔瞥见他几次而已……”

“那您就多给我们说说这个诹访子吧，我们想多了解一下她。”三绘子略带催促地对春子说，然后又朝向省吾，“是吧，叶村？”

“嗯，对，您多给我们说说诹访子的事吧！”

省吾来这儿本来是想打听吴练海的，可是既然春子对吴练海所知甚微，那至少要多打听点诹访子的事，不管怎么说，她也是吴练海的妻子。

“诹访子赎身之后，就离开这儿跟吴先生走了，所以关于她的事情我们也不太……”春子说着看了一下茜草。

“那她的亲人呢？”省吾问。

“她是个孤儿，很小的时候就被‘鹤之家’的老板收养了。如果说亲人的话，那个老板可能是她唯一的亲人了。”

“那，诹访子结了婚以后呢？”

“跟她丈夫一块回中国了。”

“她去了中国以后，你们有没有得到过什么消息？”

“一点儿都没有。她跟这边完全断绝了关系……以前跟她关系比较好的人都没有收到她任何消息。她们还抱怨说诹访子这个人很薄情呢！”

“连有关她的传言都没听说过？”

“嗯，完全没有。”

“那我再向您打听点其他的事，那个时候您有没有听说过叶村这个人呢？叶村鼎造——亦或者是叶村康风……”

“没有。”春子摇着头又看了茜草一眼。她那张满是皱纹的脸上开始浮现出不满的神色，可能是因为突然被拉到这种地方，又像在接受审讯一样，所以有点生气了。

省吾感到不妙。

“请。”茜草又再次来劝省吾喝酒。

外面下起了蒙蒙细雨。

夜晚花限的街道非常黑，只有被街灯照到的地方才隐约有点光亮，但还是看不清路面，只是觉得路面湿了。

“好温柔的雨啊！”在回去的路上，三绘子轻声对省吾说。

“你说雨很温柔？”

“对啊，生怕把人的脸打湿一样，下得那么委婉。”

“是啊，看来这雨也是有感情的。”

两个人也不撑伞，就那样慢慢走着，非常享受似的徜徉在雨巷里。

“今晚好像没什么收获。”三绘子有点不甘心。

“有啊，我们现在不是知道跟吴练海结婚的那个艺伎的名字了吗？”

“说得也是……但那个叫春子的婆婆，让人感觉有点奇怪。”

“上了年纪的人大概都这个样吧。”

“茜草阿姨从头到尾一个劲儿地劝你喝酒，也有点怪怪的。”

雨还是轻柔地下着，偶尔有光从二楼的窗户泄漏出来，越过围墙垂下来的柳枝，在那朦胧的灯光中越发显得婀娜艳丽。不远处还传来三味线[1]的琴音。

---

[1] 日本拨弦乐器，有三根弦，鼓上贴猫皮或狗皮，用拨子弹拨。系中国三弦琴经琉球传入日本后改造而成。

五十多年前，省吾的父亲有可能也来过这里，还有吴练海、中国的革命家、政客们。然而他们现在都已经变老，或是死去。那些当年向他们投怀送抱的娇媚女人也都变成了老婆婆。

时间会抹掉一切，没有什么可以让人永远铭记。为何现在还要纠缠那么多年前发生的事呢？

看到满脸皱纹的春子，省吾忽然对自己正在调查的事感到一片虚无。

所有的事情最终要么被埋进土里，要么被封印在皱纹里。

一九一〇年，也就是中国清朝宣统二年。

四月　汪兆铭暗杀摄政王失败被捕。

六月　中国山东省发生暴乱。

八月　日本占领韩国。

……

对这些记录到历史纪事年表里的所谓大事件，他一点兴趣都没有，更何况现在要他把发生在五十多年以前的一段掺杂着爱恨情仇的私事挖出来，暴露到光天化日之下。对他而言，除了虚无，其他的什么也不是。

省吾心想，如果我是我父亲的话，就不会让孩子为我洗脱罪名，有句话说得好，死后哪管他洪水滔天。可是他又想到了躺在病床上的哥哥，还有嫂子的脸。现在他做这些事情的动力完全来自于哥哥和嫂子的执着。

省吾和三绘子肩并肩走着，他现在非常想甩掉那远在天边的牵连，紧紧抓住眼前的幸福。

他终于按捺不住地想打破此刻的沉默，开口说道：“说起来，这里还真是发生过不少事啊！中国革命党人在这里一口气喝一斤酒，一战的时候，一个个暴发户在这里寻欢作乐。发大水的时候，这条街又是一片汪洋。后来又在空袭中化为灰烬——真是经历万千，如梦似幻啊……”

三绘子还是沉默着不说话，而省吾就像着了魔一样继续不停地往下说：“‘二战’以后这里又开始重建……朝鲜战争的时候，靠着美国的物资订货，这里又恢复了往日的繁华与喧闹——这条街道见证了这些历史……”

“省吾君。”三绘子突然站住。以前她都是叫省吾的姓，这回是第一次直接称呼省吾的名字。

“嗯，怎么了？”

三绘子犹豫了会儿，说：“再说话的话，就把现在的气氛破坏掉了。”

省吾使劲咽了口唾沫，待在那里。三绘子把身子靠了过来，省吾顺势把手搭在她肩上。

三绘子没有动。

省吾感到搭在三绘子肩上的手都僵硬了。他想尽量让自己放松下来，于是他将三绘子紧紧地搂在怀里，温柔地亲了一下她的眼睑。

他的内心已经激动得无暇顾及对方的反应，只有喉咙那个部位能感觉到三绘子温柔的喘息。她的喘息就像当下的蒙蒙细雨，非常轻柔，就像怕呼出来的热气会烫着对方一样。三绘子微微扬起头，省吾感到她的气息从他的喉部慢慢移到了下巴，然后嘴唇相碰……

结束了漫长的亲吻，三绘子贴近省吾的耳际，略带颤抖地轻声说："我早就知道，总有一天，会有你这样一个人出现在我面前。"

省吾平复了一下自己紊乱急促的呼吸，也对三绘子轻声耳语道："我现在感到无比的幸福——让那件陈年往事见鬼去吧，我不想再查下去了。"

这是他心里的真实想法。他现在这么卖力地调查父亲的事，完全是出于兄嫂二人的嘱托。特别是嫂子，她是省吾行动的原动力，一直推着省吾往前走。然而现在他身边又萌发了一股抓住他的心的新力量。两股力量撕裂着省吾，但他明显感到这股新的力量要来得更加强大，这样一来，吴练海的事就变得无足轻重了。

"不要这么说。"三绘子微微抬起头，"还是继续查下去吧。这不是你哥哥的愿望吗？再说……"

"再说？什么？"

"我想和你一起做点什么，尤其是这样有明确目标、我还能帮上你忙的事。"

事实上也是这样。两个人如果真的想了解对方、进入对方内心的话，只是这样抱抱是不行的，必须要在一起共同经历一些事情才行，并且这些共同的经历也会让两个人的心靠得更加紧密。

而现在摆在他们面前的给省吾父亲雪耻的这件事是最合适不过了。

"那可就要辛苦你了。"

“非常乐意效劳。”

接着，两个人又相拥长吻。

离开花隈后，两人来到一家咖啡店，没有音乐，非常安静。此前省吾只向三绘子片段地说过一些关于父亲的事，这次他又把事情的前因后果详细地告诉了她。作为协助者，三绘子必须知道事情的原委。

那晚，三绘子掌握了五十多年前叶村康风贪污事件的所有信息，省吾所知道的她也都了解了。

如今调查这件事已经不是单纯为了哥哥和嫂子了，现在已经成了紧紧联系省吾和三绘子的纽带。

在公司，他们还是以姓相互称呼，尽量在他人面前表现得客客气气，而这些小心思也给他们的恋爱增添了一种特殊的味道。

一天早上，三绘子看到周围没人，就偷偷给了省吾一份早报。

“读一下用红色铅笔画出来的部分。”

省吾接过报纸就开始在那一堆报道里找红色铅笔画过的印记，找了很久终于找到了，因为三绘子所说的“画”其实只不过是一些很小的红点而已，都标注在一个贴有照片的消息栏里。

消息的标题是：

为津庄吉氏就任绿化运动协会理事长

大体内容是说，神户商界的长老级人物为津氏被推选为绿化运动协会的理事长。

为津氏从商业学院毕业后就进入石崎轮船公司工作，历任石崎轮船公司常务、联合海运专员、西日本轮船公司总经理，并长期担任神户工商理事会理事，对海运界和神户的经济界的发展都做出了杰出贡献。虽然今年已经七十九岁了，但他身体依然健硕，退休以后还坚持每天爬山，精神气儿完全不输给年轻人。所以，理事长一职，为津氏是再合适不过的人选了。

不过是报道一个退休的商业老手又被委以闲职，三绘子给他看这个做什么？省吾感到非常纳闷儿。

“为什么要让我看这个？”他本来想直接问三绘子，但还是憋了回去。因为恋人之间讲究的是一种默契，要心有灵犀、见微知著，对方表情微微一变，你就能知道她在想什么。此时省吾如果开口直接问三绘子的话，就有可能破坏掉这种气氛，让两人之间的那种秘而不宣的感觉荡然无存。

想到这里，省吾抬起头，发现三绘子正在冲他微笑。然后，三绘子说：“我们去见见这个为津吧。”

“嗯，好。”虽然这么回答了，但省吾还是不明白为什么非要去见这个绿化运动组织的头头，甚至无法专心工作。报纸就那样敞开着扔到旁边。他现在正在整理有关“月光”抛光剂试用感想的问卷调查，想从里面找出点对宣传这款产品有利的东西，但是找了半天也没找到有价值的东西。他时不时地瞟报纸两眼，觉得为津庄吉的那张照片就像是在愚弄他似的。

“这个秃顶老头到底跟我们有什么关系？”中午之前他必须找到答案，因为午饭后他要跟三绘子在一家不太起眼的咖啡店见面，这已经成了他俩这段时间每天的必修课。那个时候肯定要说到为津这个人，如果那时还找不到答案的话，就没法跟三绘子交谈，那可就不妙了。

……从商业学院毕业后就进入石崎轮船公司工作——为津的这段经历忽然映入了省吾的眼帘，这时钟表的时针刚好指向十二点。

“啊，我明白了——”

省吾的父亲在神户逗留期间，曾经在这个石崎轮船公司工作过三个月。一直研究父亲经历的哥哥和嫂子也肯定注意到了这家公司。这家公司在第一次世界大战期间生意非常好，可是到了明治末期，公司业务变得很不景气，只能靠两三艘租借的船来维持生计，省吾的父亲就是这段时间来到这家公司的。最终，这家公司被联合海运公司收购了。

所以石崎轮船公司时代的人，能活到现在的已经很少了，并且父亲在那里也只待过三个多月，因此，从轮船公司这条线入手不会有太大收获——伸子也曾经这样跟省吾说过。

为津庄吉今年七十九岁，从商业学院毕业后就直接进入石崎公司工作，也就是说，他还不到二十岁就已经是石崎公司的职员了，后来又升为常务，所以他在这家公司肯定待过很长一段时间，并且可以肯定的是，明治末期他也在这家公司。

“好，该去吃午饭了。”省吾站起身来往外走。这时他脑子里那层迷雾终于消失，整个人变得神清气爽，与三绘子眼神交汇时也爽朗地笑了起来。

上了年纪的人都喜欢与人会面，尤其是和那些能听自己谈心的人。为津很快就答应与省吾和三绘子见面，并把时间定在了第二天中午休息的时候。省吾先是以一名登山爱好者的名义往为津那边打了个电话，说是想跟他交流下绿化运动的事。为津听了，当时就在电话里邀请省吾来他的事务所详谈。绿化协会的事务所就在矶上路，从公司走过去只需要五分钟。

见面没说几句话，为津就开始例行公事似的大谈特谈绿化运动的重要性："现在到处都在大兴土木搞地产，绿化面积是越来越少了。"省吾点头附和，装出一副很认真地听为津高谈阔论的样子，可心里却一直在琢磨着怎么把话题引到父亲那件事上去。

三绘子先开口了："昨天在报纸上看到了有关您的介绍，这位叶村君这次来拜访您的目的是想……"她对省吾使了个眼色，暗示省吾把话接下去。

"事实上……"省吾很难为情地干咳了一下，"我父亲可能曾跟您一起工作过。他是明治末年去石崎轮船公司工作的——好像在那工作了差不多三个月。"

"哦？"为津庄吉从桌子上拿起省吾的名片看了一下，"叶村？啊——叫叶村什么来着——对了，是叶村康风吧！"

"嗯，是的，我就是他的儿子。没想到您还能记起我爸爸的名字。"

"当然记得了。话说回来，你爸爸现在怎么样了？"

"他在二战期间去世了。"

“哦……”为津闭了一会儿眼睛，“掐指一算，已经过去五十多年了……原来你是叶村君的儿子啊！太久之前的事了，现在也记不大起来了。要不是两三年前有人跟我打听叶村君的事，我现在还真记不起叶村君的名字。”

“您说两三年前的事是指……”

“哦，有位夫人给我来信说，她想知道我以前的同事叶村的消息。那时我绞尽脑汁想了半天才把你父亲的名字记起来，可是长相却完全回忆不起来了。不管怎么说，我们也只是在一起几个月而已。而且叶村君从石崎船厂辞职后就杳无音信了，谁也不清楚他去了哪里，他的家人怎么样了。我只记得他当时还单身，所以也没能给那个夫人一个完满的答复。”

“哦，原来是这样。”省吾说着把头转向了三绘子。

“难道是你嫂子……”三绘子低声说。

看来通过调查省吾父亲以前的同事来获取新线索的想法有点幼稚了。他们现在正在查证的线索，嫂子应该早就掌握了。

省吾看了一下表，站起来说：“那么，今天就到这吧，打扰您了，实在是不好意思。”

“真是个青年才俊啊……能看到老朋友的儿子变得这么优秀真是一大快事啊！”为津说着也站起来，主动跟省吾握手，接着又看了一眼三绘子，“这是你的女朋友？”

“不是，只是……一个登山的伙伴而已。”省吾慌慌张张地回答。

看在以前老朋友的面子上，为津特意把省吾二人送到了门口。

“我现在还记得你父亲来石崎公司面试时的情景。当时他是看到当地报纸上的招工广告来面试的。面试的时候，经理问他，你是因为喜欢轮船才来面试的吗？他当时的回答出乎在场所有人的意料。他说，不是，我想在这工作并不是因为喜欢轮船，而是想住在神户。经理因为非常佩服他的坦诚，就录取了他。我当时也在场，也对他抱有同样的感觉。我还记得那是在八月非常热的一天……你父亲确实是一个非常正直的人。”

在门口处，为津又跟省吾说了这些话。

“还是被你嫂子抢先了一步。”离开绿化运动协会事务所后，三绘子马上对省吾说。

“嫂子调查得还真是仔细啊！”

“看起来，为津对你父亲的事真的是记得不太多了。”

“嗯，他刚才跟我说的父亲参加面试时的表现，确实很符合父亲的一贯作风。参加轮船公司的面试竟然说不喜欢轮船，这种事情恐怕只有父亲才能做得出来。”

“可是，为津应该知道你父亲的贪污事件吧？”

“嗯，他肯定知道。父亲是在轮船公司工作的时候突然消失的，大宫虎城他们也肯定去公司询问过父亲的事。”省吾又回想了一下刚才为津说话时的表情，或许当时为津心里还在想“贪污犯的儿子也照样可以变得优秀”。

虽然为津说他只对父亲去公司应聘时的表现有点印象，但他肯定记得父亲突然失踪的事情，也就是说这个为津只对父亲进石崎轮船公司和离开石崎轮船公司的事印象特别深，换句话说也就是只记得开头部分和结尾部分。

“为津可能是考虑到你的感受，才没有提及你父亲的贪污事件。”

“嗯，有可能。”

“再加上你旁边还坐着我这样像你女朋友的女人，就更不可能说些让你下不了台的话了，他最后不是说了那句话吗？”

“说了什么？”

“他说你父亲是个非常正直的人啊！”

“的确……”

要是这么一想，这个为津确实是一个通情达理、通晓世情的老人。

来到大道上后，两人刻意分别绕道，先后回到了公司。他们现在还不想让别人知道他们的关系。

快下班的时候，小川和野村邀请省吾下班后一起去喝酒。他俩都是神户分公司的元老级职员，一直跟从东京调过来的员工合不来，因为东京总公司那边的人就像干部预备队一样，升职什么的都比他们抢先一步，所以他们很嫉妒这些东京总公司的人。

分店长也经常告诫从东京调过来的员工，要跟当地的员工搞好关系，不要不合群。如果省吾冷淡地拒绝他俩的话，影响会非常不好。即便只是从处理好与同事之间的关系的角度来说，省吾就应该接受他们的邀请，更何况他身上还肩负着查找隐藏在公司里的那些对“月光”抛光剂原浆有所企图的商业间谍的任务。但是他实在是去不了——因为今晚已经跟三绘子有约。

“今晚吗？”省吾挠头故作为难状，“明天晚上怎么样呢？今晚我已经有约了。”

“哦，是这样啊，分店长要跟你谈公事吗？”小川带着半信半疑的表情问省吾。

“不是，是私人之间的约会。今晚我朋友要来我家，所以……”

“这也是没办法的事，那，今晚就算了吧。”

“明天你们有空的话，我请客。”

“真的吗？太好了，那我们可就恭敬不如从命了。”

虽然给人感觉不太好，但总算没有引起什么误会。

晚上，省吾第一次把三绘子请到了自己家里。

“虽说只是一居室，但还好带了个阳台，夏天的时候还可以在阳台上乘凉睡觉。”省吾打开了窗户。同一层的房间外面都有这样一个细长的阳台，这些阳台连在一起，中间用铁栅栏分开，宽度也就刚够一个成年人躺下。一只全身雪白的猫正躺在阳台上，见到他俩，“喵”地叫了一声。

“猫的话还能躺在那里睡会儿，你这么大一个人怎么躺得下呢？”三绘子笑着说。

“我一般都是在外面吃饭，只是偶尔在家自己做饭吃。在家做饭最大的不便就是得收拾那些吃剩的饭菜，那时候就要轮到这猫帮我善后了。”

“我们开始谈正事儿吧！”三绘子关上了窗户。

虽然在这之前，省吾已经把要调查的事情原委详细告诉了三绘子，但今晚他打算再给三绘子看些相关的资料。对协助者是不能有任何隐瞒的。

首先是那本《邯郸之梦》。再就是哥哥从其他相关资料上摘抄下来的东西，并且对所有汉语部分加了日语解释。

有一小段是从白石秀夫写的《中国革命夜话》上摘抄的，上面这么写着：

> ……吴某于一九一〇年十一月从上海前来日本领取筹集好的革命资金，孰料，负责运送资金的叶村康风私吞该笔钱财，且销声匿迹，给当时的中国革命平添巨大麻烦。跟叶村相处过的人都觉得他是一个既年轻又谨慎、严守交往礼仪的人，然而，这样一个人竟也未能抵挡金钱的诱惑……

胡传举在《革命资金秘录》里，更加详细地描写了此事。翻译不是大哥的笔迹，大概是拜托他人做的。

> ……当时，因上海方面资金供给紧缺，就决定用在日本筹集的三万日元革命资金来缓解紧张局面。组织上最终决定派吴练海去日本取这笔钱。他的父亲是一个外汇商，本人又在日本留过学，所以他是执行这次任务的不二人选。十一月五日，他登上“启洋丸”号向日本进发。按最初计划，他将去东京找一个叫大宫虎城的人取这笔钱，然而，就在出发的前一天，忽然接到电报，接头地点改到了神户。大宫虎城为

了躲避反动派的追捕，突然改变了日程，把原本要在一个月后去东北地区、北海道地区游说的日程提前，紧急赶赴两地。临走之前，他把资金之事全权交给了神户的叶村康风。

不料，这个叶村却是个伪君子，他谎称钱款尚未汇来，往后拖延了一个月。因当时大官对叶村非常信任，所有事情都与叶村直接联系，并让叶村转告前来取钱的人，所以，吴练海完全被蒙在鼓里，他当时也只能信任叶村康风这个人。

东京党支部对此事也毫不知情。因为，钱的问题最容易引起组织内讧，所以他们对钱能不干预就不干预。这也刚好让叶村康风钻了空子，成为他贪污成功的一大要因。

大官在东北地区游说完毕，刚回到东京就收到了吴练海寄来的催他交钱的信。大官这才觉察到大事不妙，急忙奔赴神户找叶村康风。然而，为时已晚，叶村已经提前一步逃之夭夭。

这个侵吞革命资金的卑鄙无耻的叛徒，从此以后就销声匿迹了……

三绘子非常认真地读完了这些资料。

省吾则在一旁吸烟，这些从哥哥那里拿来的资料，他已经看过很多遍了。

看到三绘子已经把资料读完，他说："实话跟你说吧，在父亲被冤枉这件事上，我不像哥哥那么坚定。"

他觉得必须让三绘子明白他在这件事上的真实想法。

三绘子已经完全投入到这件事上去了，如果调查结果确实是父亲贪污了那笔钱的话，三绘子可能比省吾还要失望，他不想让三绘子失望。

“你说什么呢？那个为津爷爷不是说你父亲是一个正直的人吗？这里也写着你父亲非常地谨慎、通情达理啊！”

“从小到大，我对他的印象除了‘死板’之外，没有别的。”

“这样的话，你就要对你父亲有信心。当时石崎轮船公司的那个经理不也称赞过你父亲耿直吗？”

“你是说父亲当时说的那句‘我来应聘的原因不是因为喜欢轮船，而是想住在神户’？”

“对啊，说得多么洒脱，感觉很浪漫啊！”

“在我的记忆里，浪漫这个词儿跟我父亲是毫无关联的。仔细想想的话，还真是觉得奇怪，他为什么要像个浪子一样忽然飘到神户，难道他真是早就计划好，冲着那笔钱来的？”

“你真过分，居然那样说自己的父亲！”

“可是，必须冷静客观地考虑这件事，这可不是闹着玩的，非常有可能得出让人失望的结果，我不想看到你一脸失望的表情。”

“所以你就想先给我打好预防针？但我坚信你父亲绝对不是冲着那笔钱才来神户的。”

“你为什么这么肯定？”

“这里写得很清楚啊！他们最初约好的接头地点并不是神户，而是东京——你看，在这里写着……在吴练海登船前一天，也就是十一月四日那天，他们忽然接到电报说地点改到神户了。”

“对啊，也就是说父亲根本不是因为提前知道那笔钱要在神户交易才来神户的，那父亲是什么时候来神户的呢？”

“肯定还没到十一月，为津不是说过，他们是在八月非常热的一天面试你父亲的。”

“也就是说，父亲在事情发生三个月之前就来到神户了——那他当时是为了什么来神户的？也不像是冲着那份工作来的，我觉得他倒像是漫无目的地来到神户，刚好看到那个招聘启事就去石崎轮船公司应聘了……”

第二天下班后，省吾依约跟小川和野村喝酒去了。

省吾是个非常喜欢喝酒的人，但也要看跟谁喝，小川和野村不是那种能让他喝尽兴的人。他们去的是三宫一带的一个小酒吧。老板娘一副长脸，看起来倒是很年轻，不过服务态度不大好，只顾着自己闲聊，毫不顾虑客人的感受。

饮下一杯酒后，小川变得精神了很多，而野村却沮丧地苦着脸。平时野村嘴角上就一直带着自卑的笑容，喝了酒后他自己都觉得那张脸恶心，所以酒一下肚，自卑的笑容就变成了一张苦瓜脸。

“野村君，你今天看起来非常郁闷啊！”老板娘对野村说。野村没有理会老板娘，还是用一副令人揪心的眼神盯着酒杯。

小川这时候却来劲儿了。他对省吾说：“叶村君，我们俩可是樱花商事神户分公司的元老。你们来之前，我们在公司除了固定工资外还能拿点外快，你们这些东京的来了以后，局面就被搅乱了——当然，并不是说东京调过来的人都不好，叶村君你就是个例外，可是自从你们来了以后，就连分店长对我们的态度也变了，尤其是在‘月光’这个产品的开发上，就好像在防着我们一样，对我们完全保密。”

这是酒馆里上班族们的典型牢骚方式，其模式大都是先阐述自己对公司是多么鞠躬尽瘁、忠心耿耿，接着便抱怨自己得到的报酬是多么微薄，与自己付出的劳动是多么不成比例。

“还对我们说‘月光’抛光剂的原浆是公司秘密中的秘密，绝对不允许粗心大意、走漏风声……”野村苦着脸把酒杯里的酒一饮而尽。

“还说其他公司正悬赏一千万日元来盗取原浆，真是好笑，哈哈哈——”

小川笑得更加肆无忌惮。省吾没有抬头看他们，但能感觉到他们的无奈。

“这酒真难喝。”省吾一边有一搭没一搭地附和他们说话，一边喝掺了水的酒，最后干脆把烟也点上了。

“叶村君，跟我们做朋友吧！从东京调过来的人中，有能聊得来的也有聊不来的，我们能感觉到，你最了解我们的心意了……”小川使劲握着省吾的手，“同不同意？干脆同意了吧！”

“同意什么啊？”野村在旁边嘟囔着。

“今天喝得很尽兴，待会儿去吃寿司吧，我们请客。”小川说这句话的时候已经八点半了。省吾已经喝了五杯掺水的酒。

“还是算了吧，我喝了酒就吃不下东西。”实际上，他既能喝又能吃，为了急于摆脱他俩才这样说。

省吾与二人分开后，就朝着车站去了。他隐隐约约感到，他俩好像已经知道“月光”抛光剂原浆藏在他那里，只是看今晚的样子，他们并不像是在为此积极卖力。当然，即便是想拉拢自己，他们也不可能从一开始就赤裸裸地引诱。不过，今晚他俩也只是让人感觉有点怪，跟平时不大一样而已，并没刻意表现什么。

与他俩在一起的这两个多小时，省吾感觉像被人泼了一身泥水一样，从里到外都黏糊糊的，非常难受。

省吾想，干脆自己再去喝点儿，除除这身晦气，再加上现在肚子也饿了。他想起了以前跟分店常去的那家叫“秋帆”的关东煮店，在那里不但有吃的还有喝的，而且那里的环境和氛围也刚好能让他除除身上的晦气。

“哎呀，这不是叶村吗？”“秋帆”的老板娘还记着省吾的姓氏。这家店打烊比较早，现在已经快到关门的时间了，所以店里面也没多少人。

“老板娘您以前是‘花隈’那边的吧？”省吾坐在柜台边，跟老板娘搭话。

“嗯，以前是那边的人，你看我现在都老成什么样了。”

“哪有，您还年轻呢，前段时间我倒是见过两位老的。”

“比我还老的？”

“嗯，两个老婆婆，一个叫茜草，一个叫春子。”

“啊，你说的是春子姐姐啊。她那个年纪的人你可以喊婆婆，但现在如果你喊五十岁的女人婆婆，肯定会被骂的。”

“虽然她现在满脸皱纹，但可以想象到她年轻时应该是位美女。”

“那当然了，春子姐姐当年可是位闻名遐迩的大美人呢！”

“哦，原来她这么有名啊，这还真出乎我的意料了。”

“我们俩年龄相差较多，我也没见过她年轻时的漂亮模样，只是听别人说而已。”

“那个时候，有个叫诹访子的艺伎吗？”

“哎呀，你知道的可真多。诹访子姐姐也是一位出了名的大美女。虽然我也只是听说而已。”

“听说她还嫁给一个中国人了？”

“嗯，是的。那个人非常有钱。所以，我想诹访子晚年的生活肯定很幸福……哦，对了，我听说她丈夫好像在两三年前去世了。”

“哎？”省吾急忙把含在嘴里的魔芋吞下去，“您是怎么知道的？您从谁那里知道诹访子的消息的？”

老板娘看到省吾惊讶的表情，满脸奇怪地说：“春子姐姐今年过年的时候在京都还见过她呢！”

“春子婆婆见过她？”

省吾一口气把杯子里的酒喝干了。

“见面的时候，春子姐姐才知道她丈夫已经去世了。”

“她丈夫？你说的是她那个中国丈夫？”

“嗯，就是那个中国人。据说他们夫妻俩过得很幸福，但是好像没有孩子。”

“还在京都见过面啊……可是，都已经五十多年没见了，春子婆婆竟然知道得这么清楚。”

老板娘这时有点摸不着头脑了：“诹访子跟她丈夫早就回到日本了，好像二战快结束时他们就回到了日本……所以她经常跟以前‘花隈’的那些朋友见面。”

“哦，原来是这样……那，诹访子现在住在哪里呢？”

“我听说是住在京都。”老板娘毫不犹豫地说。

从“秋帆”出来后，吹着夜晚的凉风，省吾思考起来。他首先想起了那天在茜草家里春子对他说的话。

——去了中国以后，就再也没有她的消息了。

——就像跟花隈这边断绝了关系一样，就连那些平时关系比较好的人都没收到她任何音讯，有人还骂她薄情呢。

——连有关她的传闻都没有听说过？

——嗯，什么都没听说过。

省吾还清楚地记得，春子边说这些话边蠕动着那张被皱纹包裹的嘴。可是，“秋帆”的老板娘现在又告诉他正月时春子在京都跟诹访子见过面，并且还把跟诹访子见面的事告诉了其他人。

春子难道老糊涂了吗？

即便这样，从正月到现在还不到半年时间，不至于忘得这么快吧？而且老板娘还说诹访子经常跟花隈的朋友见面。春子为什么要对省吾撒谎，说她从来没有听说过诹访子的消息？

省吾还是比较相信“秋帆”老板娘说的话，因为她说话清楚爽快。相比起来，春子说话的时候却好像牙齿里塞着什么东西一样。

茜草也有点奇怪，像在故意隐瞒什么似的，不停地劝他喝酒。三绘子那天也说过觉得茜草有点怪怪的。

“秋帆”老板娘说话时让人感觉非常自然，所以撒谎的肯定是茜草和春子两个人。

这里面肯定有秘密，省吾心想。

——要不要给三绘子打个电话?

省吾看了一下表，已经晚上十点多了。

——还是算了。

他决定不给三绘子打电话，并不是因为现在太晚，而是他考虑到一个关键问题——茜草和春子都是三绘子介绍的，如果茜草和春子有问题，三绘子肯定又会操心。

——还是自己来调查这件事吧。

省吾这么想着，又返回到刚才路过的电话亭。

——还是得打个电话。

他没有打给三绘子，而是给“秋帆”的老板娘打了过去。

“喂，是‘秋帆’吗……啊，您就是老板娘吧？我是刚才的那个叶村。”

“——啊，是叶村啊！有什么东西落我这里了吗？”

“哦，没有，我是有事想拜托您，就是刚才在店里跟您说的有关诹访子的事……”

“嗯，诹访子姐姐的事？”

从听筒里能听出老板娘很疑惑。

“这个就说来话长了，我现在很想知道她的住址，您能不能帮我打听一下呢？”

“这倒不是什么难事，可是……”

对这样一个突如其来的请求，“秋帆”的老板娘虽然答应了，但还是有点犹豫。

“这件事可以说关系到我的一生……将来有时间，我会慢慢给您解释。”省吾明显感到自己有点兴奋，他深吸了一口气，努力让自己平静下来，“可是，请您别向茜草和春子打听。您问问其他人，如果能装作若无其事的样子就最好了。”

“虽然我不太清楚你说的事情，但我会尽量帮你打听的。”

听到“秋帆”的老板娘答应了，省吾终于松了口气。不过，她答应是答应了，却并不意味着就一定能得到自己想要的结果。从电话亭出来走了不到十步远，他又变得不安起来。

五十多年前那一辈的人，在神户已经所剩无几，除了春子至多还有两三个人。关于父亲的事，哥哥和嫂子已经尽其所能把该查的都查了。比如，省吾好不容易查到的为津那条线索，嫂子早就调查过，并且还写了信给为津。

自己费尽心思、殚精竭虑查到的所谓线索也不过是哥哥和嫂嫂漏查的一些残渣而已。

省吾回到公寓，收到了一封嫂子寄来的信。

省吾，你的信我已经收到。听到你在那边过得好，我们都很高兴。你哥哥现在的病情，我已经不忍心写了。他现在似乎对自己的病已经不抱什么希望了，这也是让我们最为揪心的事，请你一定体谅我们现在的心情。你哥哥现在躺在病床上，唯一挂念的就是父亲的事。得知你现在已经查到嫁给吴练海的那个艺伎叫诹访子，他说“省吾干得真不错”，心里非常满足。

省吾读到这里，又重新拾回了自信。哥哥和嫂子只是掌握了他们力所能及的所有线索，还有很多线索是以他们现有条件所查不到的，比如诹访子这个人的线索，哥哥和嫂子就没有掌握，而且今天他还得知，诹访子就住在京都。

无论他们查得多详细，也肯定有遗漏之处。他们的能力毕竟是有限的。哥哥卧病在床，嫂子要在学校里教书。他们再厉害，也只能做个“躺在安乐椅上的名侦探”而已。与他们相比，省吾的优势就太多了，现在他身处神户这个当时的事发地，这是决定性的优势。也是考虑到这一点，哥哥才把父亲的事托付给他，而他也没有让哥哥失望，逐渐地开始掌握一些极为重要的线索。

省吾接着往下读信。

……接下来跟你说的也算不上什么新信息，但我觉得可能对你以后的调查有用，所以还是先告诉你。

截止到现在，我们所有的调查全都是围绕父亲展开，忽略了祖父的事情。祖父在父亲的事情发生五年之前就去世了，那时父亲才二十岁，所以祖父跟这一事件并没有什么直接关系。

但是，父亲当时为什么突然从东京跑到神户去？动机又是什么？我们现在还不清楚。这段时间我就在想，这会不会跟祖父有关呢？

祖父原先是某报社的记者，由于性格特别倔强，经常跟上司发生冲突，所以不久就辞职了。后来，祖父就像打游击一样去了很多家公司。其间，他曾于宪法颁布那年，也就是一八八九年开始，在《神户新报》报社工作了两年。当时父亲和生病的祖母还留在东京，后来父亲曾去神户看望过祖父。

我在想，父亲事发之前又去神户，会不会是因为他对祖父曾经住过的城市还心存挂念？父亲去神户见祖父的时候还很小，对那个地方应该会抱有一种憧憬之情，说不定父亲就是出于这个心理才去的神户？

当然，我这么想可能太过女人、太感性了。我只是把我直观的想法写下来而已，仅供参考。

这是多么典型的女性思维啊！父亲倔强、顽固的形象在省吾心里早已根深蒂固，所以他觉得嫂子写的关于父亲的事不过是些让人一笑置之的猜想而已。父亲为什么要来神户？现在依然是个谜。但他总觉得父亲只是漫无目的地飘到了神户，刚好在报纸上看到石崎轮船公司在招聘员工，就前去应聘了。招聘信息是在地方报纸上刊登的，所以父亲肯定是来到神户之后才想着要去就职。

为津回忆时也说过，面试时父亲所说的理由就是想在神户住下来。

叶村康风去世的时候，省吾才九岁。叶村康风的倔强、顽固，只是省吾以一个小孩子的眼光判断的结果，所以可信度不高，事实上也许叶村康风真的是一个多愁善感的人呢？

首先，就单论他和中国的革命志士有来往这个事实，就与省吾从小到大对他的印象完全不符。

——那就姑且把嫂子说的先记下来吧！

省吾这么想着，把信读完后就开始给嫂子回信。

嫂子，我已经收到您的来信。有关您对父亲来神户的原因的猜想，我也认真看了。还有就是信中提到过的那个“诹访子”，今天我从一个花隈出身的老艺伎那里打听到，她现在还健在，并且就住在京都。而吴练海好像已经去世多年了。我现在正在调查诹访子的详细地址，查到了以后，马上通知您。我心里也在祈祷她能作证给父亲洗脱罪名。

您和哥哥已经将父亲的事调查得很清楚了，所以我现在查到的一些东西，不过是些遗漏残渣。比如前几天，我去拜访了父亲在石崎轮船公司工作时的一个叫为津的同事。听他说您在很久之前就已经给他写信问过父亲的事了，不禁让我大感佩服。

总之，我会竭尽全力调查此事的，请您转告哥哥，让他放心……

父亲晚年寡言少语，但年轻时好像并非如此。他跟一郎是说了很多话的。他到晚年才有了省吾这个儿子，年龄差距太大，所以有些话不好跟省吾说，说了省吾也不会懂。而且，那时候省吾的大哥和姐姐相继去世，他也变得忧郁了起来。再加上那还是战争年代，更不可能有时间和省吾安安静静地坐下来，聊省吾祖父母的陈年旧事了。

哥哥一郎也是在病重住院的时候才告诉了省吾叶村家族的历史。在那之前，可能考虑到兄弟俩是同父异母的缘故，家族的历史反倒成了两人聊天谈话的禁忌。如果聊着聊着话题转到自己母亲身上，而他俩又并非同一个母亲，气氛肯定会很尴尬。

现在一郎觉得自己时日无多，所以在跟省吾聊天时会时不时地说一点家族的事情。当然，他这么做也是想把叶村家族历史传承下去的意思。他坚信父亲是无辜的，所以，为了给父亲洗脱罪名，他连父亲的秘密也一并告诉了省吾。

“看来和哥哥还是有代沟啊！”省吾心想。省吾并不想在叶村家族历史的问题上纠结。现在这年头谁还把“家世”这东西当回事儿。前段时间，有个歌舞伎演员，孩子都跟人家生了，就因为女方家世不好，一直没把对方娶回家，结果被世人当作笑谈，骂他太落伍，简直是泯灭人性。

——不就是个歌舞伎演员吗？放到以前就是下九流的戏子，活得还不如普通老百姓呢！现在倒论起门第来了。

省吾听了这些以后，也感到很愤慨，所以他现在极力想抹掉那块笼罩在心头的混杂着家庭历史的阴云。此前他是为了哥哥，更是为了嫂子，但如今却有了新的理由和动力，那就是三绘子。这件事把他俩拉到了一起，并且已经演变成见证两人爱情的一种途径了。他真心地祈祷父亲是无罪的，这也是为了三绘子，他希望两个人的合作和努力能得出一个完满的结果。

望南宾馆的汪志升从香港旅游回来了，K 大学的山本副教授得知此消息后，便约省吾星期天一起去汪家的老仓库查找资料。三绘子在一旁听到后说她也要去。

于是省吾将三绘子介绍给山本道："这位是服部小姐，这次的调查她也帮了不少忙。"

望南宾馆坐落在六甲山脚下，汪志升把父亲留给他的别墅改造了一下，形成了现在的模样。汪志升的父亲汪守义在昭和（一九二六年至一九八九年）初期的神户华侨界是位响当当的人物，以孙文为首的中国革命家和政客都曾是汪守义家的常客。

然而，别墅被改造成宾馆后，当年的气息就完全感觉不到了。与那个年代有点牵连的可能就只剩下家里那个老仓库了。

汪志升一点也不念旧，对父亲那个年代的事毫无兴趣。他对省吾一行说："现在我正在计划扩建，得赶紧把这个仓库处理掉。"

多亏三绘子跟着过来了，有她这个年轻女性在，汪志升显得格外兴奋。

"到现在为止已经有很多人来仓库查资料了，去年，中国台湾有关方面还派人来查过孙文先生的遗墨，除此以外，还有东京大学的老师，京都研究所的人也来过——像你这样年轻漂亮的女孩也偶尔来几个。哈哈哈……这一堆东西对我没什么用，如果对你们有帮助的话，我还是很高兴的，你们随便查吧，不用客气。”

仓库的一角放着沙发，算是仓库的客厅。女佣人端了红茶上来。

山本跟汪志升大体说了一下省吾要查的资料，汪志升只是在一旁点头附和，显然对此事毫不关心。

“哦，也就是说，你们想查的是一九一〇年来这里的人的资料了？西历一九一〇年啊……那时我还没来这儿呢，小时候我非常调皮捣蛋，父亲就直接把我扔到中国的一所小学里了，哈哈哈——”看到省吾他们开始查资料了，汪志升便起身离开了。虽然他很会闲淡，但对查找资料这样枯燥的事却似乎毫无兴趣。临走之前，他又对三绘子恭维道：“真没想到像你这么美丽漂亮的女孩也钻研学问，真是了不起啊，佩服，佩服。在我印象当中，做学问的女孩都戴着副眼镜，并且一副苦瓜脸，哈哈哈……”

看到汪志升离开了仓库，三绘子立马吐了一下舌头：“我像个学者吗？从生下来到现在我还是第一次被人当成个学者呢。不知道戴上眼镜会怎样。”

“肯定不适合。”省吾说。

山本副教授见插不上嘴就指着一堆资料说：“这一片的资料我都已经整理过了，我觉得里面应该没有你想要的。你就先查查对面那一片吧！”

这个山本好像对整理资料很在行，经他整理过的资料都被整整齐齐地摆在了架子上，并且上面还用透明胶带贴着分类标签。而那些没有被整理过的资料，都横七竖八地塞在架子上，布满了灰尘。

“我已经整理了三分之一，如果再整理一下的话，看起来就没这么多了。”山本副教授又动着他那棱角分明的下巴说。他说话的时候，与其说是在动嘴，还不如说是在动下巴。

他从那个没整理过的架子上拿了一个泛黄的资料袋开始整理了，看起来他对上面的灰尘好像一点儿也不在意。

“哦,这一袋都是账单。”其实账单跟他们要查的事毫不相关，但山本还是认认真真地从头看到了尾，“了解一下以前的物价还是挺有意思的。这些都是大正末期的账单，作为资料，它的价值可比那些普通印刷品大多了。”

“哦，是吗？”

“对了，叶村君，你要不就查一下这边的吧？”山本一边把那些老账单塞进文件袋，一边把省吾带到仓库的一角，来到窗户旁边，“这边堆着的都是些明治末年的资料，本来里面还掺杂着一些其他资料的……”说着，山本又回到了原地。

省吾和三绘子相互看了一下对方。

“你今天穿得可真干净啊！”省吾同情地说。在这里查上一个小时的资料，不光是手，衣服也肯定会被弄得很脏。

“没关系，脏了就脏了吧！”三绘子今天穿了一件带大白领的浅绿色西装，跟这间堆满文件、满是灰尘的仓库一点都不协调。

“我们开始整理吧！”她催促省吾说。

椅子只有一张，省吾把上面的灰尘擦干净，让三绘子坐上去。

三绘子打开一本厚书，一脸为难地对省吾说："我的汉文没有学好。"

"我也是啊，说实话，咱们三个只有山本能看懂这些，只能拜托他了。"省吾小声回应。

"到底怎么查呢？我真的是有点儿不大懂。"三绘子一会儿翻翻封皮，一会儿看看目录，然后摇摇头，一脸的疑惑。

"你说这个？"省吾把头伸过来，看了一下三绘子手里的书，"哎？《天津各界名人录》？对了，说不定这上面还会有吴练海的名字呢！"

"那到底怎么查呢？看着像是按五十音图[1]排序的，但又不是，搞不懂该怎么查。"

"唉，我也看不懂，没办法，只能这么一页一页地翻了……"

在省吾一页一页翻看的同时，三绘子打开了记事本："省吾，我觉得这本书就不用查了。"

"为什么？"省吾不解地问。

"你看，这本书是光绪三十三年发行的，也就是日本的一九〇七年。吴练海不是在中国革命成功以后才发迹的吗？这个时候吴练海还是个学生呢，所以他的名字不可能会出现在这名人录上。"

"哦，说的也是。"

和省吾相比，三绘子做的准备更充足，这次她还专门带了本

---

[1] 类似中国的拼音，只是五十音拼在一起既可表音也可表意。

附有年代纪表的记事本过来。

省吾开始翻阅书架上的资料。他首先找到了一捆信件，里面有日语的也有汉语的。他先看了一下日语的，这里面有各种各样的信件，有问候近况的，有回信，有介绍信，有各种委托信，但都跟省吾要查的搭不上边儿。

除此之外，书架上还有各种小册子、导游图、慈善活动的说明书、股东大会的名册，以及各种会议的通知书和记录等。

这些无聊的文件都与省吾要查的事无关，也只有像山本副教授这样的学究，才会觉得这些记述当时社会世态百相的书非常有意思。

省吾看得眼睛疲乏。不管怎么说，这些都是年代比较久远的资料，还都是用规规矩矩的文言文写的，看起来肯定会很累。打开任何一本资料，展现在他眼前的都是五十多年前的世界：有想开公司牟取暴利的，也有想利用汪氏家族的影响力来结交权贵人士的，等等。总之，这些资料里写满了物欲横流的社会中各种人的欲望膨胀，而这些人现在差不多都已经死了。所有人都经不住时间的冲蚀。

——真是一个让人绝望的世界。

省吾心里这么想着。他父亲叶村康风曾经生活过的世界就在那里，只不过到现在为止他还没有在这堆资料里面找到父亲的名字，也没有找到吴练海的蛛丝马迹。当时，吴练海是带着特殊任务秘密过来的，所以有可能并没有跟这些华侨明目张胆地来往。

至于那些汉文，省吾只能看一半猜一半地去了解。看那些活字印刷的小册子，还能让人觉得过去的一切都躺在里面，而那些亲手写的资料，却能让人闻到当时那个年代的气息，特别是那些用墨写的文件里的飞白，深知让人感觉过去的亡灵就藏在里面。

“我怎么忽然感到有点害怕呢？”省吾对三绘子说。

“为什么？”三绘子正在专心致志地查看资料，就随便回了句。

听到三绘子的声音，省吾才有种回到现实世界中的感觉。

“你查看得还真认真啊。”省吾把资料往旁边一放，伸了伸懒腰。

“呀，真下流！还以为是什么呢，打开一看结果是这个！”三绘子像看到什么肮脏的东西似的，把手里那本小册子塞进了书架，然后盯着自己的手指看了会儿，站起来说，“我先去洗下手。”

“你这样洗起来可没完没了。”

“我知道，但这次必须要洗洗。”

——到底看到什么了，这么激动？

省吾感到很好奇，就伸手把三绘子塞到书架里的小册子取了出来，一看，封面上写着《当世花限女气质》，还是誊写版的，总共也就二十几页，非常薄的一个小册子，纸都已经泛黄了。

“啊——原来是这个啊！”省吾打开一看就立刻明白了。扉页上有一个女人的裸体，还梳着岛田髻[1]。省吾这才想起来，之前山本副教授跟他说过，汪志升的父亲汪守义非常喜欢收集淫书。

---

[1] 日本妇女发型之一，主要为未婚女子所用。

这或许就是他说的那些淫书了，却被毫不知情的三绘子给翻到了，所以她才像摸到什么肮脏的东西似的洗手去了。

“哎呀……”省吾定了定神，然后把手放到嘴边，若有所思地看了起来。

扉页上的画像并不都是全裸的，纸的左半部分是一个很大的裸体，中间画着一个竖方框，里面写着书名，右下部分则画着一个裸着上半身的人像。吸引省吾眼球的就是这个半裸的画像。那个人的脑袋后面拖着一条尾巴一样的东西——辫子。辛亥革命成功之前，中国清朝的男人都留着这种长辫子，所以这个人肯定是五十多年前的中国人。

——花隈和中国人。

这两个词更加激发了省吾的好奇心，让他迫不及待地往后翻看。上面誊写的那些字的格式跟现在一样，就是那种先在蜡纸上打好格子，再往里面刻字的方式。

在文章的开头写着这么一行字：

这是去年，也就是一九一〇年的故事。

“一九一〇年”这几个字像闪电一样一下子刺入了省吾的眼睛，让他猛地一怔。可是接下来的内容就跟其他淫书的语言没什么区别了。

……这里是花隈“龟之家”的澡堂。

年轻的艺伎月若，一只脚跨在浴池边上。她还没有下到浴池里面去，脸就已经涨得通红了。她低头看着自己白皙的大腿，还有大腿间那片茂密的草丛。老艺伎红叶早已在浴池里了，看到月若过来就问："那个客人回去了？"

"嗯，匆匆忙忙就回去了。"月若娇媚地说。

"很爽吧？"红叶扑哧一声笑了出来，"我懂的，我以前还跟那个人睡过呢！"

"骗人！"月若说着就把她那柳叶眉竖了起来。

红：真的哦，虽然这么说有点伤你的心。

月：骗人、骗人、骗人！

红：那你就当我骗你吧！怎么样，那个人的功夫还不错吧？他可是有几招独门绝技啊！

红叶从浴池里爬上来，把月若放倒在地。

月：躺在这里会很疼的啊！

红：刚开始他是这样的吧？

月：不要……不要……

红：接下来，是这样……

月：啊——啊——姐姐你饶了我吧！

月若扭动着身体，急促地喘着气说。

红：你这个部位可满是他的气味啊……连我都兴奋起来了……你啊……

两个人就这样在地上纠缠，急促地喘着气。

这时，忽然有人推门进来了。两人听到声音一下子停住了，红叶抬头一看，是摩耶子。

红：原来是摩耶子来了。

摩耶子赤裸着身子，用手挡着自己的下部，看到刚才的场面后，不知所措地待在那里。

红：摩耶子，你也完事了？

摩：完事？你指的是什么？

红：你别装正经了。

看到这里，省吾忽然听到有人喊他的名字，回过头一看，是三绘子。

“省吾！”三绘子的声音里明显带着怒气。

“哦，是你啊。”

“这种书你也看！”

“嗯。”

“唉，你们男人是不是都喜欢看这个？”

“哎呀，你误会了，我是觉得这本书有参考价值才看的，你看上面画着的这个留着长辫子的男人。”省吾指着扉页右下方那个画像说。

“哦，男人留长辫子是这种模样？”三绘子好像没有见过这种长辫子，也没有领会到省吾的意思。

“你看书的题目里有‘花隈’这个词，并且这个留着长辫子的男人肯定是中国人，所以把这两个信息放到一起想一下的话，就觉得跟咱们要查的东西有关系了。”省吾使劲地给三绘子解释，但三绘子还是没有明白省吾的意思。

“哦？是吗？我觉得没什么参考价值啊，里面写的都是些下流的东西。”

“嗯，我还没有全部看完，到现在为止确实没什么可参考的，可是……”

“可是？你发现什么了？”三绘子急切地追问道。

“你看看这里写着‘摩耶子打开门进来了……’。”

“我读到这里就没再往下读了，这里怎么了？”

“‘摩耶子’‘诹访子’——你不觉得这两个名字的发音很像吗？”

“你这么一说我想起来了，好像是几座山的名字呀！”

摩耶山就绵延在六甲山的西边，山上有索道，三绘子还曾约省吾去爬那座山。而诹访山是坐落在花隈北边的一座小山。这么说来，这两个名字都跟神户的山有关系。

“这本书里写的都是一所叫‘龟之家’的妓院里面的事，在这之前我们不是听春子婆婆说过，收养诹访子的那家妓院叫‘鹤之家’吗？连妓院的名字都很相近呢，难不成这本书就是以‘鹤之家’为原型写的？”

“倒不是没有这个可能，可是……如果你觉得有用的话，你就接着往下看吧！”

“我们一块儿往下看吧！”

“我就算了，还是你自己看吧！”三绘子的语气虽然有点严肃，但丝毫没有开玩笑或者是责备的意思。

省吾就接着往下看了。

“摩耶子，你今天招待的客人是谁呢？叶山君？还是那个李先生？”

“三绘子！”省吾忽然抓住正在翻阅其他资料的三绘子的手。

“又怎么了？”

“我们还是一起看吧！”

“为什么啊？”三绘子看到省吾那副认真的样子，感到有点儿纳闷了。

“这里出现了‘叶山’这个名字。”省吾指着书中“月若”这个人的台词说，“如果把那个‘山’字改成‘村’字的话，不正是我父亲的名字吗？还有下面提到的这个‘李先生’——‘李’也好，‘王’也好，‘吴’也好，这些都是中国人经常用的姓氏啊！”

“说的也是。”三绘子把手里的资料放回书架，开始认真看待《当世花隈女气质》这本书了，并决定和省吾一块儿往下看。

可是，澡堂子里的这段描写确实非常淫亵，那个叫“红叶”的艺伎一直在用非常猥琐的话语调戏“摩耶子”，而“摩耶子”只是害羞，并没有还嘴。接下来就是“红叶”津津有味地向“摩耶子”传授她接待客人的各种经验。“摩耶子”只是点头沉默，并没有做出回应。就在她被“红叶”严厉教训的时候，一个叫千代丸的老艺伎出现并把她救了，第一章也就在这里告一段落。

接下来的第二段，让省吾和三绘子都倒吸了一口凉气。

这一段描写的是“摩耶子”向“千代丸”吐露自己烦恼的过程，“摩耶子”一直把“千代丸”当知心姐姐看。

摩：姐姐，我到底该怎么办呢？

千：你自己的大事自己决定吧，你仔细权衡一下，这两个人到底哪个对你来说更重要些。

摩：这个我也说不清，这两个人对我来说都非常重要。

千：你不得不作个决断了，这容不得你犹豫，决定吧！选叶山还是选李先生？

摩：姐姐，我现在真的是很难受，很难抉择。

千：人生就是这样，要想早点摆脱这种困境，就得快点作决断。

可怜的摩耶子现在真的是不知如何是好了，到底是选自己同父异母的哥哥呢，还是选自己爱着的那个李先生呢？这个抉择关系到她后半生的幸福。

事情是这样的——

这年夏天，忽然有个叫叶山的年轻人来找摩耶子。这个叶山自称是摩耶子的哥哥。摩耶子很早就失去母亲成了孤儿，但她小时候听妈妈说过她父亲住在东京，也姓叶山。现在这个叶山，也是在他父亲弥留之际，才得知在神户他还有一个同父异母的妹妹，所以就来神户找这个妹妹了。后来，到了秋天，一个姓李的清朝人和他一起来了。这个姓李的长得有点胖，但给人感觉非常大气干练。摩耶子对他一见钟情，而这个李先生为了跟摩耶子幽会，把身上的钱都花光了，并且还挪用了别人暂存在他那里的一些钱。长期这样下去也不是个办法，必须给摩耶子赎身。但李先生自己的钱早就花光了，身上的钱都是别人寄放在他那儿的，正当两人不知该如何是好的时候，叶山站出来救了他们。叶山对摩耶子说："就这么定了，李先生挪用的钱就算我头上吧，让他用剩下的那些钱给你赎身，让那些人向我讨债，反正我只是个微不足道的公司小职员而已。而李先生就不一样了，如果革命成功了，他的前途无可限量。不能因为此事毁了他的前程。"

摩：那你怎么办呢？

叶：你不用担心我。现在最要紧的是你能幸福地活下去，这也是我最大的希望，这段时间我还一直在考虑怎么从别人那里弄点钱给你赎身，现在机会终于来了。

摩：不能这样，我不能让哥哥你冒如此大的险。

叶：好了，这个你不用担心。我会先逃到南洋去，警察不会抓到我的。说不定我还能在南洋东山再起，那样的话岂不是一举两得吗？好了，就这么定了，就让外人以为是我卷着那些钱逃到南洋去了。这样就没有人怀疑李先生用剩下的那些钱给你赎身了。

摩：哥哥！

摩耶子哭倒在哥哥怀里，这时她想起了千代丸跟她说的必须作抉择的那些话。最终，她痛下决心牺牲了哥哥，和李先生喜结连理。而叶村之后便悄悄逃到了南洋……

“啊！”读到这里，省吾和三绘子几乎异口同声地喊了出来。

“这果然是以父亲的事为原型的。”省吾叹了口气说。

这个故事确实是以叶村康风的事为原型写的。作者并没有采用与原型人物完全不同的名字，书中主人公的名字都跟原型人物的名字很相近，所以在创作的过程中，难免会不小心把原型人物的名字写进去。比如，书中在前半部分一直是以“叶山”来称呼摩耶子的哥哥，而写到“叶山”出逃到南洋的时候，作者不小心把“叶山”写成了“叶村”。所以从这里可以推断出，“叶山”的原型就是“叶村”！

两个人继续往下读。

《当世花限女气质》这本书里，只有摩耶子在哥哥和爱人之间痛苦抉择的这一段没有色情描写，其他的部分都是在不厌其烦地细致描述那个叫“红叶”的艺伎如何给“摩耶子”和“月若”上性教育课。故事以李先生替摩耶子赎身，两人离开花限结尾。

结尾处，红叶自信满满地说：“多亏了我平日里的悉心教导，她才有如此好的结果。”临走，摩耶子去千代丸那里告别，她鞠了个躬说：“虽然红叶姐姐教给我很多东西，但我只会对千代丸姐姐的教诲铭记于心。”千代丸在最后还不忘告诫她说：“还是顺从自己的心意吧，是留在日本，还是去中国，这是你面临的又一抉择，随心而定吧，你一定要记住这点。”

明明是本黄书，居然以精神训话收了尾。

三绘子读完了以后，兴奋地说："如果写的这些都是事实的话，那可是给我们解开了不少谜团啊！"

"对啊……这本书确实解开了许多困扰我们的谜团。"省吾捋着下巴说。

一向为人正直的父亲怎么会贪污别人的钱？现在这个谜团终于解开了——他是为了自己同父异母的妹妹的幸福，才背负了这个罪名。

哥哥跟嫂子也一直觉得吴练海这个人非常可疑。父亲为什么会为了他这样的人背负如此大的罪名？现在这个谜团也解开了。吴练海是他妹妹的爱人，并且有着非常光明的前途，如果让人知道他挪用中国革命资金来为一个日本艺伎赎身的话，他那光明灿烂的前程就毁了。所以父亲为了自己妹妹的幸福，才牺牲自己保住了吴练海的名声。至于父亲为什么要来神户，这个谜团也解开了。他是为了自己那个同父异母的妹妹来的，来了之后，又想在妹妹身边生活，就应聘了那家轮船公司，虽然自己并不喜欢船。这也刚好解释了为什么父亲会在面试的时候直率地说了那句"我是为了在神户住下才来面试的"。

"这本书可是非常重要的证据啊，我们问问主人肯不肯把这本书让给我们吧！"三绘子说。

"嗯，好……"

虽然现在还不知道这本书里写的东西有多少是作者自己编的，但就目前来说，这本书确实给他们解开了不少困惑。可是，仅靠这本书还是不能为叶村康风洗脱罪名。因为这是本黄书，说服力不够。所以必须要找到更加鲜活的证据才行——诹访子，这个正生活在京都的妇人，虽然她说的可能会跟这本书上写的差不多，但她可是个活生生的证人，比这些用笔和纸写的证据更有说服力。

“真是太好了，省吾，现在可以让你哥哥安心了。”

“嗯，接下来的主要任务就是找到这个摩耶子，不对，是诹访子的住址。”

“这个好办，很快就能查到。这么说起来，这个诹访子还是你姑姑呢！”

“说的也是啊……”

虽然现在就喊诹访子为姑姑，显得有点唐突，但诹访子是省吾的姑姑这一点已经是无可争议的事实了。

他俩把《当世花隈女气质》这本书拿给双手弄得乌黑的山本副教授看的时候，山本的嘴马上弯成了“人”字形：“还真有这种书啊！”他动着他那独具特色的下巴说：“所以说嘛，谁也不知道自己想找的资料会藏在什么地方，你看，谁会想到你们要查的东西会出现在这种无聊的书里呢？所以一切皆有可能，不能因为看着无聊就忽视它。现在明白了吧？”

“嗯，明白了。”三绘子说。她差点就因为无聊而忽略了这么重要的资料。

当他们一起去找汪志升要这本书的时候，他很痛快地答应了：“我家这种书多的是，你们感兴趣的话就拿去看吧！”

接下来，只要查到诹访子的住址就差不多大功告成了。省吾恨不得现在就去“秋帆”老板娘那儿去问，但今天是周日，那边刚好关门休息。

第二天下了班，省吾迫不及待地朝“秋帆”跑去了。店里面人特别多，声音嘈杂。省吾环视了一周寻找空位，却发现吉冈教授正坐在最里面，旁边是那位职业会计师春名，他还是斜着身子，正低着头吃关东煮。

“喂。”吉冈举起手朝省吾打了个招呼。可是柜台前面的椅子已经坐满了人，只剩下门口一个座位，省吾只好坐在那里。

老板娘把酒壶拿到省吾跟前，小声说：“之前你跟我打听的那件事，我现在还没有查到。”

“还没？那你都向谁打听了呢？”

“我向一个叫小梅的姐姐问了一下，结果她也说不知道。我还以为她肯定知道呢，结果……”

“你觉得谁还有可能知道呢？”

“那个年代的人能活到现在的也没几个了。剩下的就只有春子姐姐了……人一上了年纪，还真不好交流。我去小梅姐姐那儿打听的时候，她也不耐烦地问我为什么要打听这个？还被她白了一眼。”

“实在是对不起，真是给你添麻烦了。”

“没关系，我才不怕别人瞪我呢！”

省吾感到有点失望。不过，从这里坐电车到京都也就一个小时的路程。所以，要把诹访子找出来也不是一件特别难的事情。

这么一想，省吾又重新看到了希望。

“不好意思，没能帮上忙。以前小梅姐姐不是这样的，不知道为什么她忽然变得这么奇怪。”“秋帆”的老板娘略带歉意地对省吾说。

“你太客气了，你告诉我诹访子现在住在京都已经帮了我大忙了。”

省吾的脑子现在不停地回响着“奇怪”这个词，他记得三绘子带他去见春子她们的时候，也这么说过春子她们那天的举动。

“叶村君，待会儿和我们找家店再喝点吧！”吉冈大声嚷着邀请省吾。

“哦，今晚我不太方便，有点事儿，还得急着回去。”

“是吗？你这么急着回家还跑到这里来，这有点说不过去吧？刚才还看到你跟老板娘说悄悄话来着，很可疑哦！”吉冈教授说完，哈哈大笑了起来。

省吾只喝了一瓶就匆匆结了账，要离开店的时候，吉冈和春名也刚好起身。在门口，省吾又碰到了他们。

吉冈教授拍着省吾的肩说：“哦，对了，你要急着回家的。放心，我不会强迫别人跟自己喝酒的，我也要给自己留点好名声嘛，今天就不拉你了。”

“不会强迫别人跟自己喝酒……”春名又小声嘟囔了一遍，然后笑了起来，语气里散发着嘲笑的味道。

省吾跟他们俩打完招呼准备离开的时候，春名又凑过来小声对省吾说：“传言说公司把‘月光’的原浆放你那儿了，是真的吗？”

“啊，这个……”省吾支支吾吾地回答。

其实，当时分店长把原浆放他那儿的目的就是想把潜藏在公司里的商业间谍引诱出来，所以让别人知道原浆在他那儿是再好不过的了，可省吾还是必须得装出一副严守秘密的样子。

气氛一下子变得尴尬起来。

春名又故作亲切地说道：“原浆可是公司的宝贝，你可要好好保护啊！”

回到公寓以后，省吾发现嫂子又来信了。

（前略）

读了你上次的来信后，有件事引起了我的注意，所以就赶紧给你写了这封信。就是你提到的石崎轮船厂的那个叫为津的老人。我没有给他写信问过父亲的事，是不是弄错了？你看能不能再向他确认一下谁给他写了那封信。吴练海去世了，他这条线就断了。我期盼着你能尽快查到诹访子在京都的住址。

草示

“奇怪……”省吾忍不住像三绘子和“秋帆”老板娘那样说了这个词。

为什么花隈那帮老狐狸会突然变得这么“奇怪”呢？特别是那个春子，她明明在过年的时候刚见过诹访子，为什么硬要说从来没见过她呢？

还有就是给绿化运动协会的理事长为津庄吉写信的那个人，如果不是嫂子的话，那又会是谁呢？难道还有别人也在调查父亲的事……

省吾越想越没头绪，就想喝点酒赶快入睡。可是，他屋子里已经没有酒了。

——对了，那瓶所谓的“月光”原浆不就是威士忌吗？省吾跑过去掀开帘子拿出那瓶原浆，但看到外面包着的那层蓝布和系着的那条绳子，他就放弃了，因为解开它们非常麻烦。

——还是算了。

“月光”原浆藏在他这里的消息，就像当初预想的那样很快流传开了。因此刚才那个职业会计师春名才会跟他打听原浆的事。

省吾想到这里忍不住笑了起来。他拿起瓶子在耳边晃了几下，听到里面还有咣当咣当的声音，确认里面的东西没少后，他又把瓶子藏回了原地。

他想透透气，就走过去把窗子打开，阳台上的那只白猫还在，看到省吾“喵”地叫了一声，好像在责怪省吾把它吵醒了似的。

“今天一事无成啊。”他抚摸着白猫的脑袋说。

第二天中午休息的时候，省吾还是像往常一样跟三绘子偷偷见面。为慎重起见，他们俩常常换地方，这次他们约在了阪急西口附近的一家咖啡厅。

省吾给三绘子看了嫂子写给他的信。

“那给为津先生写信的又是谁呢？”

“他说那是两三年之前的事了，不知道现在还记不记得？”

三绘子盯着信看了一会儿，忽然探过身子来说：“会不会是京都的那个诹访子？”

“什么？诹访子？”

“我觉得有这个可能，你父亲不是帮助过诹访子吗？并且还为她的恋人背负了贪污的罪名……”

“如果那个小册子里写的东西是真的，确实有这个可能。”

“你想，你父亲为她做了那么大的牺牲，她回到日本以后肯定会打听你父亲的事。”

“说的也是。”

“就像我们现在到处找吴练海一样，他们也肯定一直在打听你父亲的事儿……你还记得当时为津跟我们说的那些话吗？”

“哪些话？”

“就是他说一位夫人写信来询问你父亲的事时说的那些话。”

“当时我觉得那位夫人肯定是嫂子。”

“对啊，当时我也是这么想的，但后来一想，又觉得有点奇怪了——他说关于你父亲离开船厂以后的事他完全不清楚，包括你父亲去了哪儿，家人怎么样，等等，他都不记得了，所以他就没有给那位夫人一个满意的答复。他当时是这样跟我们说的吧？”

“嗯，我记得，他确实说过这些话。”

“那你觉得你嫂子会问这些话吗？比如你嫂子问为津‘你知道我父亲离开船厂以后怎么样了？从那以后父亲家里人的状况又怎样？’我觉得你嫂子不可能向为津打听这些事儿，因为她就是你家族的一员啊！问这些事儿的人肯定是个熟悉你父亲的人，但唯独对你父亲离开船厂以后的事完全不知情，所以这个人打听的重点全都是你父亲离开船厂以后的事儿。比如诹访子，就很有可能问这些。”

“是的……”

三绘子分析得还是很有道理的。当时一听到为津说有个夫人写信打听叶村康风的事，自己就立马断定他说的这位夫人是嫂子，现在想想实在是太草率了。可能是自己过于佩服哥哥和嫂子的积极性和认真劲儿，以至于只要查到一点线索，就条件反射式地认为这个线索他们俩也肯定已经查过了。

为津老人当时也没有具体描述那封信的详细内容，只是大体回忆了一下里面的几个问题。冷静回想一下的话，写这封信的人的确不会是嫂子。

“你跟为津联系了吗？”

“嗯，嫂子也让我再向他确认一下，所以今早我就给绿化运动协会的事务所打了个电话。”

“他怎么说的呢？”

“他说今天中午要回家一趟，到时候再找找那封信。他说他所有的信件都会留着，整理好放在家里，所以应该能找到。”

为津说一找到信就会给省吾打电话，像他这样的经理人退休以后都很闲。当年在职的时候忙得要死，退休以后又闲得发慌。刚好有绿化运动协会理事长这么一个闲职给他，他当然很高兴就接受了，所以省吾拜托给他的事，他也会乐意去做。

“信肯定是諏访子写的。”三绘子又说了一遍。

回到公司以后，只要听到电话铃响，省吾的心就猛地提到嗓子眼儿，期待着会不会是为津的电话。可是，电话大都是姬路工厂那边打来的。直到省吾快要下班的时候，为津才终于来了电话。

“我跟你说一下今早你拜托我的事，那封信我已经找到了。”

“非常感谢！那……是谁写给您的呢？”省吾迫不及待地问。

“是个姓桥诘的人。日本桥的桥，诘责的诘。”

“嗯，好，明白了，那她的名字叫什么呢？”

“諏访子，諏访山的諏访。”

“諏访山的諏访……”省吾一边看着对面的三绘子，一边反复读着这几个字。三绘子的脸上一下子泛起了喜悦的光芒。

“下面是信的内容，大体是说——我是叶村康风的亲属，如果您知道他离开石崎船厂以后的事情，或者是他家里人的情况的话，请务必告知我……这么说起来你应该认识她啊，你不也是叶村康风的亲属吗？”

“嗯，我认识她，她是我们的一个远房亲戚……您能把她的地址告诉我吗？真的是非常抱歉，给您添麻烦了……嗯，京都市……然后是……”

放下话筒，省吾深深地吸了口气。

活证人諏访子，她的地址此刻就在桌上的便签上。哥哥和嫂子费尽心思都没有查到的东西，他终于找到了。省吾脸上不自禁地浮出了喜悦的笑容。一直盯着省吾的三绘子也会心地朝他点了点头，好像在说“太好了”。

“今天晚上我请客。”虽然知道这样说很土，但他还是大声说了出来。

下班后，省吾邀请三绘子去市政厅前面一家外国人开的餐厅吃了饭。

“待会儿去我家吧。我要给东京和京都两边写信，所以想跟你商量一下。”

“嗯，好啊！”三绘子高兴地答应了，她的声音今天晚上听起来格外动听。

省吾感到自己的心怦怦跳得厉害。上次他邀请三绘子去他家的时候，他还没有这种感觉，但这次他却觉得都有点儿喘不上气了。

到了家，关上门之后，省吾像是要打碎这令人无法呼吸的感觉一般，猛地将三绘子拉过来搂到了怀里。

亲吻完以后，三绘子说：“你不是说要跟我商量一下写信的事吗？”

可是，省吾的脸颊还是能感到夹杂在三绘子呼吸里的炙热。

“我去泡杯茶。”说着，三绘子朝厨房走了过去，大概是想用勤快的举动来缓和接吻以后的尴尬气氛。

“这次的信，写起来可长了，那本黄书的事，该怎么跟嫂子说呢？”省吾也想用这个话题来过渡一下。

“要不，干脆直接把书邮寄过去吧？”

“这样也行。不过，那本书太不堪入目了……”

“这也是没办法的事啊……茶叶在哪儿呢？”

“在灶台上面的柜子里有个纸袋子，茶就在纸袋子里……你还烧开水了啊？暖水瓶里有热水。”

“哦，算了，反正都烧开了。”三绘子打开柜子拿茶叶的时候，看到柜子里面一片狼藉，盘子里满是剩饭，米饭上还有吃剩的鱼。

“唉，你们男人啊，没一个干净的。”三绘子一边往杯子里放茶一边偷偷地笑。

“请喝茶。”三绘子把茶端了过来。

省吾苦笑着说：“现在都分不出谁是客人了。”

阳台上传来了猫叫。

“省吾，要不把那些剩饭剩菜都给那只猫吃吧？”

“哪有剩饭剩菜？”

“真服了你了，唉，我去拿吧！”

她把装剩饭菜的盘子取出来，拿到窗户边。盘子上还冒着热气。

“你往饭菜里加热水了？”

“嗯，暖水瓶里的水。饭菜都凉了，今天好好服侍一下小猫。”

“你喂的可是猫啊！猫不是喜欢吃凉的吗？”

“哦，对啊！”三绘子不好意思地吐了吐舌头，“算了，就让它将就着吃吧。”

喂完猫后，三绘子关上了窗户。

省吾从背后抱住她，双手温柔地抚摸她的胸部。

“三绘子……”省吾又主动向三绘子索吻。

“把灯关上吧……有影子……”

过了一会儿，灯开了。

三绘子打开了窗户：“好热啊……”

她浑身是汗。正当她不停地用手绢扇风的时候，忽然看到一个白色的东西躺在阳台上——是那只白猫，伸着四肢，一动不动地挺在那里。

“啊！”她忍不住大声叫了出来。

省吾从窗户跑到阳台，蹲下仔细看了看白猫。

“已经死了……”他说。三绘子听了，用双手遮住了眼睛。

省吾回过头来对三绘子说：“可能是暖水瓶里的水有毒。房间里的食物和饮料都不要动了。我现在就送你回家！”

接着，省吾来到门旁，掀开杂物间的帘子，把手伸向了箱子后面。

“没了！”

那瓶假的“月光”原浆现在没了。昨晚上明明还在那里，省吾还拿起来在耳边晃了晃。

三

叶村省吾先生 敬启：

得阅来信，惊喜万分。盛情满怀，提笔彷徨，难以言表。其实，我一直在寻觅你们的音信，之前心存侥幸，致信为津先生，冀望有所消息，却杳无音信。当时亦满心悲沮。两年后的近日，因当年之信，与你重逢。想来幸有此信，甚感宽慰，高兴之至。

从信中得知令尊已逝，不禁泪眼蒙眬，回首往事，悲从中来。今日只能祈祷冥福，合掌默哀。

你定已长大成人，出人头地，令尊亦可含笑于九泉之下。听闻令兄在东京身有不适，我亦十分担心。希望爱侄尽快痊愈。

我亟欲亲眼见汝，恨不能肋生双翅。只是医生禁我外出，难偿此愿。我有千言万语，只能厚颜请你来此。

收到信后，烦请你马上来电。亟盼回音。

惊喜交加，难以为继。一切待见面详谈。

诹访子敬上

省吾写给诹访子的信，是在与三绘子商量后绞尽脑汁才写好的。因为实在难以开口说是在色情书上发现诹访子与父亲的关系的，就声称是从兄嫂处得知。当然，他也同时向嫂子汇报了所有事的来龙去脉。

两天后，省吾就收到了诹访子的这封回信。信是用毛笔写的，字迹十分工整清秀。末尾还添上了诹访子的电话号码。

省吾立马打了电话过去。

“我是桥诘诹访子，你是省吾吗？”

电话里诹访子的声音有些颤抖。

省吾的心里也是五味杂陈。

“姑姑。”他喊道。

血缘这种东西会令人产生一种近似于羞耻的特殊情感。

“在电话里谈，总觉得有点不尽兴，我们还是当面谈吧！”诹访子说道。

省吾说，平时要上班，只有周日才能过去。诹访子就将如何去她家的详细路线告诉了省吾。从始至终，她的声音都是颤抖的。

“她是怎样的一个人？”

省吾刚挂下电话，三绘子就急不可待地问。

省吾只能回答：“只从电话的声音判断不出来。”

电话是在三绘子的公寓打的。上次发生在省吾房间的事情把三绘子吓坏了。

“发生这样的事，实在是太可怕了。来我家住吧，正好有空房间。”

在三绘子的强烈要求下，省吾被带到了花限的公寓。从那以后，省吾便住在了那里。

趁自己不在家的时候，就有人往家里投毒。待在那样的地方，省吾也觉得很可怕，而更令他恐惧的是，对于这次事件背后的真相，他一无所知。

现在可以明了的是，姬路工厂空地上发生的钢材坠落事件绝不是孩子的恶作剧。

“孩子们在那里玩，把钢材弄倒后，就急急忙忙跑掉了。”

这是省吾当时的想法，但是此次事件发生之后，钢材坠落事件又再一次真实地在他脑海中浮现。

“有人要置我于死地。”

这一点是毫无疑问的。

如果想偷原浆直接去偷就好了，何必要我的命呢？省吾怎么也想不通。

又或者是知道了偷去的原浆是假的，为了报复，所以下了毒？

这一推理虽然合情合理，但是盗窃和投毒在发生的时间上却不存在时间差距，这点就没法解释清楚了。

何况，在原浆被偷之前，他就在姬路被人盯上了，所以，报复杀人这一解释根本就无法成立。

“省吾，你可要多加小心啊！”

三绘子经常这样叮嘱他。

发生这次事件之后，两人的心靠得愈发紧密。这或许也算是一种收获吧。

虽然被当作诱饵的假原浆并不是什么值钱的东西，但是既然被偷走了，总得向冈本分店长汇报一下。

不过，这不是一起单纯的偷盗事件，在那之前还发生了钢材坠落事件以及同时间段的投毒事件。对于这一系列的事件，省吾完全弄不清楚到底是怎么一回事。他只是觉得既然谜团连边角都还未被揭开，那么现在就不能将这些事轻率地告诉他人。

因此，他决定暂时先不告诉分店长原浆被人偷走的事情。

三绘子的妈妈给她留了一栋三层公寓小楼。三绘子只雇了一位老婆婆看家，其余的事都是她一个人料理。她一边上班一边管理公寓，却也管理得井井有条。省吾住在三楼角落的房间里。虽然与三绘子的房间隔得很远，但想到是和三绘子住在同一个屋檐下，他便已心满意足。在他的心中，热水瓶被投毒也好，钢材砸下来也好，诱饵被偷走了也好，这一切的一切仿佛已是另一个世界的事情了。

马上就要见到素未谋面的姑姑了——目前的状况下，似乎也只有这件富含戏剧性的事情与他居住在三绘子公寓里的心情相互融合。

星期天的下午，省吾和三绘子一起去了京都。两人约好，省吾一个人去拜访诹访子，五点的时候，再在河原町的咖啡馆一起吃晚饭。

两人费了好大劲才找到桥诘家。这是一栋极其宏伟的西洋建筑，威严的带顶大铁门离里面的建筑还有很远的距离，中间全是青翠的草坪。

一直跟着来到大门口的三绘子一边叹气一边感叹："这是明治[1]风格吧，真没想到居然这么宏伟。"

建筑的年头看起来有点久远，但也因此拥有着一种老式建筑的舒适感。二人绕着宅邸外石墙走了一圈，发现这里占地绝不少于一千坪。

省吾也颇感意外，虽然"秋帆"的老板娘也说过诹访子日子好像过得很不错，但他怎么也想不到诹访子居然会住在这么大的宅邸中。

"不知怎的，我都有点不敢进去了。"

省吾一边说着，一边按了门铃。

省吾本以为从那个建筑物中跑出人来开门肯定会花不少时间，结果，出乎意料地，他很快就看到了一个小个子男人。原来在大门旁边还有个小建筑，因为被树挡住了，所以刚才没有看到。说是个小建筑，也只是因为在这样的大宅邸中显得小了点。如果放在普通的街道上，不论是在哪个城市，都是个规模中上且相当不错的日式二层小楼。

"请问您是哪位？"男人在铁栅栏里问。

"弊姓叶村，曾给桥诘女士……"

---

[1] 明治天皇的年号，明治元年为1868年。明治时代开始引进西洋技术，建造砖造洋楼。

“您是打电话过来的那位？”

男人好像事先知道省吾会来。他像评估商品似的翻起眼睛，死死地盯着省吾的脸。

男人大约有三十五六岁身材瘦小，皮肤很黑，看起来是个小心谨慎的人。他身上带着一种说不出的肮脏感，与那身雪白的衬衫一点都不相配。

“您请进。”

男人打开了大门。

沿着石墙已走了很远的三绘子这时回身伸出五个手指，表示五点见。

开门的男人冷冷地说道：“您一直往里走，我在这里打电话通报一下。”

来到明治风格的西洋建筑门前，省吾看到一个四十岁左右戴眼镜的枯瘦女人已经打开门在那里等候了，显然是接到了内线电话。女人穿着一身一丝不苟的深蓝色西装，看起来她应该不是女佣而是家庭教师或者秘书之类的。

“您是叶村先生吧？请进。”

眼镜后面的一双细长眼睛，像审查似的不停打量着省吾。

女人将省吾引到会客厅。会客厅十分宽敞，约有五十平方米大小，墙上挂着好几幅汉诗挂轴，都题着“赠练海学兄”的字样。想必是吴练海在中国财政界得势时，那些有权有势的人物赠予他的。省吾不懂这方面的知识，看了赠送人的名字也猜不出是些什么人物。

房间里有张中式桌子，桌脚上刻满了精致的雕饰，桌前摆着紫檀椅子。省吾在椅子上坐下。

房间角落里放着个朱红色的装饰柜，上面摆着像是玉制的龙和狮子。在这个中式房间里，省吾嗅到了吴练海的味道。虽然这个素未谋面的男人现在已经不在人世，但是从挂轴和龙形饰物上，省吾还是感受到了他的存在。

这时，会客厅庄重的大门缓缓打开，一个老妇人慢慢走了进来。

省吾印象中的诹访子一直是那个花限的诹访子，他想象中的诹访子应该是个穿和服的老太太。可是出现在他面前的老妇人却是西装打扮，一身干练的深绿色套装让省吾感到不知所措。老妇人站在门口，看了省吾一会儿。

“你是省吾吧？”

真实的声音比电话里的要清爽得多，但依然在颤抖着。

“是的，我是省吾……您是姑姑吧？”

老人用手绢擦了擦眼睛。

“请坐，你真的是有出息了啊！”

老人比省吾想象的还要有气质，高高的个子，胖得恰到好处，白发丝毫没让人觉得苍老。脸长得很富态，轮廓分明，下巴很宽。她慢慢地从桌边走过，坐到了省吾的对面。

诹访子眯着眼，笑呵呵地询问省吾的年龄、生活以及工作情况，但是那双眯着的眼睛中却不时地射出怀疑的光芒。

这时，省吾想起了放在兜里的父亲的遗物。

难道，那个东西是这个人的吗？

父亲生前经常说，他离开日本去往南洋时，身边值钱的东西就只有这个了。而这个东西指的就是那个招财猫的带扣。父亲是在去南洋之后才结的婚，因此，那个带扣肯定不可能是父亲前妻的东西，更不可能是省吾母亲的东西。

“事实上，我身上有件我父亲的遗物。姑姑，您对它有印象吗？”省吾拿出了带扣，“好像从离开日本时开始，父亲就一直随身带着它。”

诹访子取出眼镜，一边说着“来，让我看看”，一边将手掌上的带扣拈了起来。

镶嵌着象牙的珊瑚被精细地雕琢成招财猫的形状，作为装饰系在带扣一端。

“啊，这是……”

诹访子只说了这句话便如化石般静止了。

过了好久，她慢慢地摘下了眼镜，放到桌子上。她双手捧着那个带扣，一直强忍着的泪水忽然如决堤似的流了下来。

“哥哥！”她低吟完这一句，就倒在了地板上。

地毯的颜色也是深绿色的。

诹访子跪在地毯上，哭着缩成一团。

“哥哥，请原谅我们……为了我们，你一定吃了很多苦……”

省吾呆呆地看着这一切。诹访子一直将带扣贴在脸上。

就在这时，那个像是家庭教师的女人打开门，端着茶走了进来。她将茶盘放到桌子上，然后走到诹访子的身边，蹲了下去。

“夫人，您怎么了？”她开口问道。

“啊，富泽。”诹访子抬起头，脸上满是泪水，“没什么，看到过世哥哥的遗物，一下子失态了。亏我活到这把年纪，真是白活了……”

富泽将诹访子扶到桌旁坐下，诹访子用手绢拭去了脸上的泪水。

她的眼角和脸颊都哭得泛红。

省吾觉得那张脸有种说不出的美丽。

“这个带扣是我年轻时一直珍藏的东西。哥哥去往南洋前，我将它送给了哥哥。没想到，哥哥一直将它……”诹访子一直紧紧捏着手帕的一角。

“父亲到死都将它带在身边。”省吾说道。

诹访子又开始抽泣起来。

“哥哥……”

喝口茶过了一会儿，诹访子终于平静下来，脸上又露出了笑容。

“已经是五十年前的事了……现在想来就像一场梦一样。”

她开始说起了往事。果然人年纪大了。

很小的时候，她母亲经常跟她说：“你爸爸在东京，他姓叶村，是个很了不起的人，你还有个哥哥。”

虽然她随了母亲的姓桥诘，但在她心中一直都记着有个姓叶村的父亲以及姓叶村的哥哥。

成为艺伎之后，突然有一天，那个姓叶村的哥哥来找她，正好是一九一〇年夏天的事。

父亲去世前曾告诉叶村康风他还有个同父异母的妹妹。刚开始，康风不能接受父亲还有个私生女的事实。当时的他还与在中国从事革命活动的日本人有来往，每天都很忙碌。即使他想要照顾妹妹，对于这个无权无势的人来说，也多少有些力不从心。

对叶村康风来说，投身于邻国革命事业这件事本身就有种浪漫成分在里面。后来不知是哪件事触到了神经，他突然挂念起了身在神户的妹妹。显然，那个素未谋面的妹妹激发了这个浪漫主义者的情愫。

另一方面，在诹访子这边，由于事情发生得太过突然，以致有些不知所措。但没过多久，她就喜欢上了这个哥哥。

“不管怎么说，当时的我还是个孤儿。突然有个哥哥出现在面前，肯定会开心得不得了。”她这样描述着当时的心情。

那年的秋天，康风陪着一个年轻的中国人去了花隈，那个年轻人就是吴练海。

一见到年轻人，诹访子就惊讶得差点叫了出来。

本来“鹤之家”是打算让诹访子做舞伎，在她十四岁的时候，就送她去了京都。虽然她在京都待了半年之后又回到了花隈，但当时她在京都的住所隔壁恰好就住了一位清朝留学生，而那个留学生正是吴练海。

吴练海高中和大学都在京都就读，那时他还经常拉刚学会不久的小提琴给隔壁可爱的诹访子听。

“我要是有个这样的哥哥该有多好。”

诹访子一边看着吴练海一边想象着她那位住在东京的哥哥。

这真是奇遇。

省吾一直觉得诹访子和吴练海的关系进展得过快，没想到实际上还有这段插曲。

吴练海也深深爱恋着诹访子，两人都很年轻。渐渐地，随着去往花隈次数的增多，吴练海终于动用了康风交给他的革命资金。由于上海的党组织迟迟没能决定将那笔资金运到哪儿去，吴练海留在神户的时间也被延长了。

等到上海方面做出决定的时候，吴练海花掉的资金已经很难填补上了。

之后事情的发展就和省吾从《当世花隈女气质》里得知的相差无几了。

“前辈们也劝我们首先要保全自己，所以我们决定顺从哥哥的美意……但是，哥哥如此为我们着想，我从来都不曾忘记……”

诹访子的声音一直都在颤抖，好像并不是因为兴奋的缘故，也许她的声音本来就是这样的。

省吾觉得耳边像是有个铃铛在不停地摇来摇去一般。

“说了这么多，这回该轮到省吾说说你父亲的事了。”她说道。

“我九岁时，父亲就不在了，所以也没有什么深刻的印象。等我到了懂事的年龄时，父亲已经老了，可能是因为哥哥和姐姐接连身遭不幸，父亲总是没什么精神。但我想他在生活上也没有什么别的烦恼。”

“这样啊……”诹访子的声音低了下去，“自从去了南洋后，他便音信全无了。我们在上海的时候，听一个日本人说叶村康风到了新加坡，混得潦倒不堪。那个日本人还说，康风做了坏事，因此受到了报应。当时我听到那句话，痛苦得都喘不过气来……”

“那应该是刚到南洋时的事吧。好像刚开始的时候，父亲吃了很多苦头，我也曾听他讲过当时的艰苦。不过，结婚之后就交上了好运，事业也越来越顺了。”

“听你那样说，我就放心了。我现在这样说，可能有些不太好。可是每次想到哥哥，就总想起在上海听到的那些消息，还有哥哥穷困潦倒的样子……从今以后，我终于可以摆脱这种噩梦了。”

诹访子只认识年轻时的康风，而省吾只认识年老的康风，两个人都不得不从时间的两个极端开始讲起。

“之后，就连哥哥的流言什么的也听不到了。”诹访子接着说道，“我当时也因为生活忙得脱不开身，毕竟是在陌生的中国，日子过得很艰苦。先是‘九·一八事变’，后来又是‘七七事变’，虽然吴练海的工作大多是与银行有关，但也要在政府里帮忙，而他的妻子却是交战国的日本人，所以经历了很多困难。但是每当觉得自己难受的时候，我就想起哥哥，然后就会觉得眼前的辛苦根本不算什么，也有了继续努力下去的勇气。当然，我所谓的辛苦自然不是金钱上的辛苦。”

看看这个会客厅也能知道，金钱上的困扰跟她根本没有交集。

诹访子又说起了战时在美国的生活。

“在美国，也吃了很多苦，言语不通。不过说到言语不通，其实在中国就已习惯了，所以倒也没什么。”

从山本副教授的调查中省吾已经知道，战争结束后，吴练海便辞去公职，进入了美国的实业界，和在美华侨一起开始了金融方面的工作。

“我当时很想回日本，也很惦记哥哥。外子跟我的想法也是一样。”

一九四九年，诹访子与丈夫吴练海回到了日本。

两人一开始住在东京，当时吴练海还没到赋闲的年龄，因此还在自己擅长的金融领域进行活动。

“那还是战后不久的事情，因为人员归国、军人复员还有空袭等原因，很多家庭都走散了。电台里都有专门的‘寻人时间’，我也请电台播送了好几次信息来寻找哥哥，但是一直未能收到任何回信。当时我想哥哥可能已经去世了，也就放弃了寻找。”

“原来是这样……我们当时要是听到那个节目，也不用寻找得这么辛苦了。”

“后来，大概三年前，一个很偶然的机会，我得知哥哥顺利地从南洋回国，而且还有了好几个孩子……”

通过与诹访子的谈话，省吾得知，大约在六年前，吴练海引退后，将家搬到了京都，也借此机会入了日本国籍，随了妻子的姓桥诘，并将名字改成了练太郎。

之所以选择居住在京都，是因为对于两人来说，京都是拥有共同回忆的地方。

桥诘练太郎，也就是吴练海，在那之后不久便去世了。他们在大阪和京都分别建有一栋公寓，吴练海也在很多领域进行了投资，因此诹访子虽然失去了丈夫，却依然能过着轻松自在的生活。

三年前的秋天，诹访子参拜完寺院准备回家时，天下起了雨。朋友开车将她送到家门口时，诹访子看到门前有个老妇人在躲雨。

“雨下得这么突然，应该过不了多久就会停的。在那之前，你不如进去坐会儿吧。”诹访子将老妇人带到了大门旁的小建筑中，里面住着植原夫妇。刚刚省吾按铃时，出来开门的那个男人就是植原。从吴练海还在东京时开始，就一直雇佣植原帮忙处理一些杂事。

刚失去丈夫的诹访子有些寂寞，不知不觉间就跟老妇人聊了很多。聊着聊着，她得知老人战前曾住在南洋，便想着或许老人能知道些什么，便试着问了下叶村康风的事，没想到，老人对康风的事非常了解。

“在新加坡的时候，我们曾住在一个房子里。当时我们住一楼，叶村先生住二楼。他跟我父亲又是同乡，所以我们走得很近。那时叶村太太已经去世了，孩子们也回了日本，他一个人住在新加坡。鼎造……没错，虽然他的朋友都用他的号来称呼他，我们还是喊他鼎造。鼎造不久就再婚了，之后便搬到了别的地方。太平洋战争爆发前夕，他带着五六岁大的儿子回了日本。因为他回国坐的船比我们早一个船次，所以我是绝对不会记错的。结果，他续弦的太太还是走在了他前面，父亲也说，他是个没老婆运的男人……”

听了老人的话，诹访子知道哥哥康风在南洋并没有落魄而死，即便回国后去世了，也应该还有几个孩子在。“之后，我又开始了寻人活动，这次不只是寻找哥哥，还希望能得到哥哥的孩子们的消息。因为我本来也没有孩子。”

说完这番话，诹访子慈爱地看着省吾。

一九四一年，五六岁大的省吾被父亲抱回了日本。老人所说的康风五六岁大的儿子指的就是省吾。

之后，诹访子又问了老人很多问题，但是老人也只是知道回到日本后的叶村一家好像是住在东京，其他的便一无所知了。老人一家回到日本后便住到了长野的乡下，与叶村一家完全没有了联系。

“真不可思议啊！”诹访子眯着眼睛说道，“我一直拼命地寻找叶村一家，却一直毫无线索。前段时间我突然想起了一件之前一直被自己忽略的事，我还想着说不定能有线索，没想到就在这时你来信了。”

“您的意思是……”

“母亲的遗书……我母亲并不是你爷爷的正妻。她在遗书中说，如果可以的话，希望将自己的一部分骨灰葬在叶村家的菩提寺[1]中。母亲去世时我还小，还读不懂遗书。等到我能读懂遗书时，已经没法帮母亲完成心愿了。遗书中提到了叶村家的菩提寺，所以我就想，如果问问寺院，说不定便能知道你们的情况了。当我正想给长野的菩提寺写信的时候，便收到了你的信。”

---

[1] 代代皈依佛教的家庭举办丧葬仪式和佛事的寺院，骨灰也埋在此处。

“这样啊，也就是说，我早一步写了信。”

“如果你再晚一周，等菩提寺那边回信了，就该是我给你或是你东京的哥哥写信了。”

“您说的那个菩提寺，父亲在战时曾带我去过。”

之后，两人的话题便转到了祖父身上。

“刚才提到的那个躲雨的老人，她也提到了你爷爷。好像那老人的父亲与你爷爷关系很不错，当时你爷爷是报社记者，而且她还说你爷爷非常有名。”

“听说我爷爷是个怪人。因为名字忠明[1]的发音很像老鼠的叫声，一点儿都不气派，所以他不喜欢自己的名字，一直都不怎么用自己的名字。”

省吾是从哥哥那里听说了爷爷的一些事情。哥哥病重之后，尽其所能地将叶村家的历史讲给省吾听，顺便讲了很多叶村家的逸闻趣事。省吾记得这些事情，因此顺利地接上了诹访子的话。

虽然诹访子不断地挽留省吾，但因为与三绘子有约，四点半的时候省吾便离开了桥诘家。

“你真的不能多待会儿吗？”

“我还有约在身，今天就聊到这里吧。下次，再跟您慢慢聊。”

“约会吗？”

“嗯……算是吧。”

“哎呀哎呀，”诹访子呵呵笑了起来，“看来，是留不住你了。

[1] “忠明”的日文发音很像老鼠的叫声。

下周日你一定要再来，把你女朋友也一起带来。”

“可以带她来吗？”

“欢迎之至。虽然我还没见过，既然是我侄子的女朋友，我猜她一定很可爱。”

不管省吾怎么推辞，诹访子都坚持派车送他。

司机是住在门旁建筑里的植原。诹访子将省吾送到车旁，还笑着说道：

“他可不是司机，他是我们的经纪人。”

一直开到河原町，这个经纪人兼司机都没有开口和省吾说一句话。

真是一个冷淡至极的男人。

下车时，省吾说了声“谢谢”，男人依然默不作声，没有任何回答。

到咖啡店时，三绘子已经先到了。

“你姑姑是个什么样的人？”三绘子开门见山地问道。

“很不错的人，而且一点都看不出老态。”

“亲人会面是一定很感动吧？”

“的确是那样……不过感觉好像电视剧似的，有点儿不好意思。姑姑还哭了。”

“但是见到姑姑还是很开心吧？”

“姑姑是个很热情的人，但是宅邸中的仆人们给人感觉很不好。”

“是个超有钱的人家吧？”

“不太清楚，看那样子，家底应该很殷实。啊，对了，我跟姑姑约好下周日还要去她家，你也一起去。”

“我也去？你跟她说了我的事情？”

“嗯，老老实实地跟她说了，反正她早晚都会知道的。”

吃完晚饭后，两人一起散步，逛了逛夜晚的京都。傍晚时分天空就一直阴沉沉的，现在眼看就要下雨了。天气湿润了两人的气息，两颗心仿佛都融到了一起。

嫂子，来信已收到。听说哥哥的情况不是很好，我很是担心。嫂子现在片刻不离地照顾哥哥，真的辛苦您了。我打算过几天回去看看哥哥。

这次写信是为了跟您商量一件很离奇的事。

在上次的信中已经跟您提过京都的姑姑的事。前几天，我第三次去她家的时候，她突然问我愿不愿意做她的养子。姑姑说，她本来也是叶村家的人，哥哥那里已经有顺子了，将来可以继承叶村家。我跟姑姑说，回去和哥哥商量一下再答复她。之前完全没想过成为她的养子，到现在还有些不知所措，不知怎么办才好。

姑姑没有孩子，好像之前就在担心财产继承人的问题。她说，我跟她有血缘关系，正好是求之不得的事。看来好像已经下定决心要收我做养子。

我该怎么办呢？

对我个人来说，姑姑是个富豪，如果能继承她的财产的话，就可以照顾哥哥一家。虽然感觉好像是在算计，但是说实话，我心里真是这么想的。

我本来想问问哥哥的意见，既然哥哥的病情已经发展到现今这个阶段，就不能再让他耗费心力了，所以，只能问问嫂子的意见。

真是很过意不去，给您添麻烦了，但还是希望您能给我点意见。

下周日我就要给姑姑答复，请在此之前回复我，拜托了。

我从心里祝愿哥哥的病情可以早日好转。

周五上午，也就是投出信后的第二天，省吾在公司接到了嫂子的电话。

“你哥哥已经病危，他想见你最后一面。”

省吾脸色顿时苍白。

“我马上回去。”

下午，省吾搭乘飞机来到东京，从羽田机场直接赶往了千叶县。

一郎已经陷入昏迷状态，但是生命之灯依然闪着微弱的光芒。

“医生说最多能挺到晚上。偶尔他也会清醒一下，大概一小时前，他还在问，省吾回来了没……”

嫂子说着，悄悄地擦了下眼泪。

省吾进入病房大约二十分钟后，一郎睁开了眼睛，他的脸颊已经完全凹了下去，因而显得眼珠异常的大。

“……是省吾吗……太好了……”

他用极其微弱的声音说了这么一句，又闭上了眼睛。

当初夏的阳光映照在西边的窗户上，夕阳准备西沉的时候，医生宣布了一郎的死亡。

一瞬间，省吾的心中闪过了很多事情。

兄弟俩年龄相差很大，又是同父异母，两人之间确实存在着距离感。记忆中他们从没有像普通的兄弟那样拉着手一起去哪里玩过。对于省吾来说，哥哥就像父亲一样，而刚刚，省吾的“第二个父亲”去世了。

省吾的心只剩下了一个空壳，突然，空壳中浮现出了三绘子的脸，此外还有京都的姑姑、姬路工厂……六甲公寓的阳台、白猫的尸体……很多事物、很多场景就这样混乱地出现又消失……

“太好了……”

这是哥哥对省吾说的最后一句话。

到底什么太好了？

是省吾终于证明了父亲的清白？

一定是这件事。

哥哥还在人世的时候能证明父亲的清白，这对他来说也算是一种安慰吧。现在山本副教授正在写一篇论文，题目很长——《辛亥革命军用资金私吞问题的真相与神户的关系》。这篇文章将证明康风的清白，并将公之于天下。如果说还有什么愿望的话，省吾希望哥哥可以活到文章完成的那一天。

嫂子和顺子对这一天的到来早就有了心理准备，但是悲伤还是击溃了所有的心理防线。阴郁的守灵之夜，顺子时不时地抽泣。

嫂子一直在忍着不让眼泪流下，但那样子看起来却更令人心痛。

“省吾，那封信，我读给你哥哥听了。”嫂子说。

“这样啊……然后呢？”

“你哥哥很赞同你做姑姑的养子。他很坚决地说，那样做好，如果可以的话，那样就太好了……”

难道，哥哥最后那句话的意思不只是因为父亲的清白得以证明，可能还包含了对省吾的“养子问题”的回答——“太好了”。

叶村家是个没什么家累的家庭。嫂子的娘家在新潟，在东京只有一个表哥。可以说这个在农林省做技术官僚[1]的表哥是他们唯一的亲戚。

葬礼定在周日举行。

仪式十分简单，只有嫂子的表哥和哥哥的朋友，总共四五个人参加。

那一天省吾本来定好去京都回复姑姑做养子的事，结果当然没法实行。于是周六晚上，省吾在东京给姑姑打了电话。

诹访子想要吊唁一下一郎，她用颤抖的声音说道：

“我一直很想见见一郎，可现在……省吾，以我的名义供一束花，要选最好的花。医生不允许我旅行，我也没办法参加葬礼。”

葬礼当天，有两个吊唁电话打来。

[1] 日本公务员的一种。

一个是樱花商事会社，一个是诹访子。

在省吾回神户的早上，顺子懒懒散散地翻开笔记本，不断地用绿色铅笔画着波浪形的着重线，她可能是想借着这个动作来遣散心中的悲伤。笔记本的绿色线条上留着明显的泪痕。

省吾摸着侄女的头说："从今以后，我会尽我所能照顾你们，顺子你也要好好学习啊！"

顺子轻轻地点了点头，眼睛里满噙着泪水，静静地望着省吾。

省吾也使劲点了点头。

尽我所能——现在虽然也做不了什么，但是不久之后，在物质方面，他就可以很好地照顾哥哥的遗属了。

伸子、顺子母女两个已经回到了原来的生活状态。虽说一郎已经不在了，但由于之前一郎一直住院，所以公寓的日常生活中并没有缺少了某人的感觉。

接近断七[1]的时候，省吾给两人去了信。

嫂子，顺子：

最近身体还好吧？我相信你们不是那种会一直沉浸于悲伤的人，我想，你们现在一定已经从那个精神打击中重新站起来了。

哥哥的断七之日就要到了。关于上次跟你们说过的那件事，这边法律上的手续基本上已经办完。京都的姑姑——可

[1] 佛教中人死后第四十九天为断七。在这一天要举行法事。

能应该称作养母了——让我跟她一起住在京都。但是，住在京都上班也不是很方便，而且京都的房子实在是太大了。我打算在神户的郊外买一个面积不大但舒适安逸的房子，然后把京都的房子卖掉。

姑姑一直为没能参加哥哥的葬礼感到遗憾。她现在身体状态明显好转，医生也允许她参加一些短距离的旅行。生病前她总要在睡前喝点酒，现在也恢复这个习惯了。

哥哥断七的时候，我正好可以利用公司的三天暑假[1]去你们那里。姑姑听说了之后说也要跟我同去。

关于这次旅行，昨晚我们聊了很久。虽然三绘子也很想一起去，但是这次她说她去不了。姑姑希望先坐中央线去一下信州，参拜叶村家的菩提寺，然后再去东京。我们计划三号出发，当晚住在上诹访，第二天抵达东京。具体的时间出发前我再通知你们。但四号哥哥断七那天，我肯定会到的。

就此搁笔，再见！

省吾

写完信后，省吾想象着嫂子收到信的情景。她大概会一边让顺子看信，一边说着："你姑奶奶也会一起来哦！"

"突然冒出一句'就此搁笔，再见'还真像叔叔的作风呢！"

顺子大概也会这样说一句，想必现在也已经恢复之前的活力

[1] 日本的学校和公司为避开酷暑进行的休假。

了吧。

省吾衷心地希望她们母女俩能尽快从悲伤中走脱出来。

佛龛中父亲的遗像年头久了，已经有些发黄，与新增的哥哥的遗像放在一起，看着十分碍眼，总让人觉得格格不入。

他想起嫂子曾打算将父亲的遗像翻印一次。

现在应该翻印好了吧？父亲和哥哥的遗像摆在一起，两人的眼神看起来就像在鼓励她们母女俩似的……

写完信的省吾，发呆似的一直想着这些事。

八月三日的晚上，省吾与养母诹访子一起住进了上诹访的碧波楼。诹访子的身体状态很不错。

“我的名字是取自花隈的诹访山，但是也跟这个诹访湖的名字一样。”

她说着这些闲话，看起来心情很好。

省吾难为情地叫了一声“妈妈”。

诹访子一下子高兴起来，她活到七十岁，被叫作母亲却还是头一次。再加上最近身体逐渐好转，话也多了起来，还说这阵子睡前喝的酒很不错，接着便吹嘘起了自己的往事。在花隈时，诹访子因被人称作艺伎西施而远近闻名，其实她在喝酒方面当时也是名声远扬。

两人住在碧波楼二楼的两个连着的房间。将中间的门打开后，房间凉爽无比。因为正处于夏日登山的旺季，所有的旅馆都已经满员。最后省吾只能通过嫂子在旅行社工作的朋友，好不容易才订到了碧波楼的房间。

“仔细想来，我的一生真的很奇妙。”诹访子说道。

去中国之后，诹访子费尽心思地想要融入当地的生活，因此将日语几乎忘得一干二净。

“可以说，我的日语是回国后才学的，当然马上就想起怎么说了。不过回到这里后，最先是住在东京，学的都是普通话，现在我正在努力学习京都话。”

这样说来，她说话一点都不像是在花隈长大的人，反而更像是东京人。

上诹访随着季节不同，游客的数量会有很大的差别。到了旺季的时候，大多数旅馆里都会雇佣很多临时员工。

旅馆的负责人刚跟他们见面时就说道：“有很多女佣还没有做惯，肯定有服务不周的地方，希望您多多体谅。”

“没关系的。”

诹访子落落大方地回答道。

晚饭时，诹访子的兴致非常高。

“我突然去参拜，你爷爷会怎么想呢？”

说着这话的诹访子就像是个喜欢搞恶作剧的少女一般。

“爷爷一定很高兴的。”省吾回答道。

“你爷爷从没抱过我啊……如果在阴间遇到了，该跟他说些什么好呢？幸好三年前，从那个躲雨的老人那里听说了一些他的事情……可是，去了阴间的人应该还是死时的那个年龄吧。如果是那样的话，你爷爷比我要小得多呢！到底会变成什么样呢？呵呵呵。”

晚上，省吾洗完澡后，养母还没有回来。

他打开窗子一直看着湖面。这时一个女佣走进来说：

“刚才有电话打来。您二位都去洗澡了，我就问了下是否有什么要紧事。”

“哦，电话里说什么？”

“那个……她说，她在车站前的‘绿洲咖啡店’等叶村省吾先生。”

“是谁打来的？”

“她没说自己的名字，”女佣意味深长地笑道，“是个女的。她说，只要跟您说她是神户来的，您就知道了。”

“神户？”省吾点了点头说，“我知道了……对了，电话是多久前打来的？”

“嗯……大约是十分钟前。”

之前虽然三绘子说她来不了，但很显然她又跟在后面跑来了。

——难道她突然请到假了？

公司的暑假至少要提前一周申请才行。如果一下子有太多员工请假的话，公司也很麻烦。离开神户之前，自己也没听说三绘子申请了假期。难道是她没请假就跑来了？还是之前一直瞒着，想到时候给自己一个惊喜？

——还真像是三绘子干的事呢！

看看时钟，已经快要九点了。

省吾等到养母洗澡回来，告诉她三绘子好像来了，他去接她，然后就跑出了旅馆。

从旅馆到车站有十分钟的车程。

车站前果然有个“绿洲咖啡店”。

乡下咖啡店店面都会比较大，因为房价便宜，不用过分在意空间利用的问题，所以桌子和桌子之间的距离很宽。

店里客人很少，而且只有当地的年轻人、穿登山服的男人、学生模样的青年……清一色都是男人。别说三绘子了，店里连一个女客都没有。

——她发生什么事了吗？

一个应该是三绘子的女人，在省吾洗浴结束的十分钟前给旅馆打了电话。之后省吾又等了养母五分钟，再加上坐车的十分钟——也就是说，打完电话到现在已经过去了二十五到三十分钟。

可能三绘子听说他在洗澡，以为会洗很久，长时间待在咖啡店既尴尬又无聊，所以便撂下电话离开这里了吧。

省吾点了杯冰咖啡，询问了一下女服务员。

“大概三十分钟前，有没有一个女客人来过？”

“女的吗？”服务员歪着头想了下，“您指的是哪位呢？”

“是个过来旅行的。”

“三十分钟前是有两三个人来过，但都是本地人。”

“这样啊……”

省吾叼着烟想了想。

对了，她一定是想反正都要等，知道了咖啡店名字之后便用公用电话给旅馆打了电话。听说我不会马上到之后，应该就跑到哪里闲逛去了。

只能是这样。

三绘子是个想到什么就会马上做的人，即便是旅行，也会贪婪得想要看看整片土地。在咖啡店闲待着让时间流逝，对她来说也是种浪费。但是，现在时间也太晚了。

省吾很担心独自在乡间夜晚的街道中闲逛的三绘子。本来也没有必要特意约在这种地方见面，两人明明可以约在旅馆见面。三绘子之前已跟省吾的养母见过很多次了，大家也都认可了两人的关系，实在没有见外的必要。

省吾又等了三十分钟，已经十点了，三绘子还没有出现。

“太奇怪了……”

省吾将第三根烟掐灭在烟灰缸中。

晚上十点十五分。

省吾已经在绿洲咖啡店待了四十多分钟了。

“约好的人还没到呢！”他向女服务员解释道。

这时，店里的电话响了。接电话的女服务员拿起电话：“哎？对，这里是绿洲咖啡店。您要找住在碧波楼菊之间的客人吗？请等一下。”

说完她环视了一下店里。

碧波楼菊之间的客人指的自然是省吾。

“找的是我。”省吾急忙跑过去接起了电话。

他想打电话的人肯定是三绘子。的确，从听话筒中传出的声音是个女人的声音，但却不是三绘子的。

“是客人吗？这里是碧波楼。请您赶快回来一下，跟您一起来的女士情况有些不妙！”

“不妙是指？”

“总之，请您赶快回来。”

对方的声音听起来很焦急。

省吾想，可能是养母突然得了急病。虽然养母最近身体状况不错，医生也允许她出来旅行，但毕竟是上年纪的人。

省吾坐着计程车从车站赶回了湖边的旅馆。

一进入碧波楼的大门，就看见两名穿制服的警察站在那里。旁边的女佣一看见省吾，脸上就现出了惊恐的神情。

“就是这位。”她对着警察说道。

“发生什么事了？”

省吾看看女佣的脸又看看警察的脸问道。

“跟您一起来的客人去世了。”

女佣战战兢兢地回答。

“……去世了？”

省吾连鞋也忘了脱，只是呆呆地站在那里。

省吾冲进菊之间的时候，只看见诹访子正躺在褥子上，脸上盖着白布。

枕边坐着一位穿白衣的男人，应该是医生。除了医生以外，房间里还有五六个男人，其中有三个人是穿着制服的警察。

虽说省吾有些心慌意乱，但还是很快就明白了——这肯定不是普通的死法。

“究竟是什么毒以及下毒的分量要等到解剖之后才能知道，但可以肯定她是被毒死的。”

医生好像在向谁解释着什么，这几句话也进入了省吾的耳里。

省吾的手里握着一张名片，

长野县警察总部搜查一课　警官　山内昭三

此刻他已经完全慌乱，连什么时候收到的这张名片都不记得了。

“我们到隔壁的房间谈谈吧！”对方说道。

省吾一一回答了警官的提问，不过相对而言，省吾提出的问题反而更多。

根据警官的回答，他最终知道了养母死亡的大概情况。

诹访子有睡前饮酒的习惯，每次躺下之后，总要喝一百毫升左右。吃晚饭的时候，省吾听到养母对女佣说：“十点左右送一瓶酒到我房间……不，只有酒就好。我睡前喝酒不喜欢吃东西。”

十点的时候，女佣按照之前的吩咐端着一瓶酒来到房间，看到诹访子俯卧在床上，枕边放着酒瓶和酒杯。

女佣以为有人抢先把酒端了上来。在她看来，诹访子像是喝完酒已经睡下了，但她只有一半身体躺在榻榻米上，而且身上什么也没盖。

“您这样会感冒的。”

女佣来到诹访子身边想给她盖上被子，却发现客人的样子有些奇怪，一直在用微弱的声音呻吟。女佣吓了一跳，急忙将她扶起，却见诹访子的脸不断地抽搐，连话都说不出了。她赶紧给前台打了电话让他们叫医生来。旅馆老板赶来的时候，诹访子还有轻微的脉搏跳动，但等到医生来的时候，诹访子已经完全没有呼吸了。

“最近，您母亲的精神状态怎么样？有没有什么担心的或者闷闷不乐的事？”

面对警官的询问，省吾回答说：“没有，她精神很好，心情也很不错。”

警官的问题不禁让省吾猜想，难道她是自杀？但养母是绝对不会自杀的，此前她还一直很期待明天的扫墓。

在询问诹访子的财产问题时，警官一直盯着省吾的脸，眼神里没有一丝客气。

“你是最近才入籍的，对吗？”

“是的，刚才我已经跟您说过了。虽然从户籍上看我们没有什么关系，但实际上我们是有血缘关系的。”

“也就是说，即使你入籍也并不奇怪，对吗？”

“是的。除我以外，养母已经没有关系这么近的亲戚了。”

说完后，省吾明显感觉到了警官问题背后所隐藏的疑惑。

现在还不太清楚养母究竟是自杀还是他杀。若是他杀的话，就必须开始追查犯人。不，应该说警方现在已经开始追查犯人了。

没有东西被偷走，贵重物品也都存到了前台。显然，凶手的目的不是偷窃。所以最值得关注的就是，被害者死亡后谁会是利益的最大获得者。

这是连外行都知道的搜查常识。

养母死后，省吾将继承一大笔遗产，警方有理由怀疑他，而且山内警官一直觉得省吾成为桥诘诹访子养子的过程本身就很可疑。

“哦，也就是说你一直在寻找桥诘诹访子女士，对吧？”

“是，没错。养母也一直在寻找我们，我有证据。”

省吾想起了为津老人那里保存的养母的信。不管怎么说，孙子成了祖父的私生女的养子，这件事本身就太具有戏剧性了。

山内警官说话十分谨慎小心，省吾也知道，山内并没有完全相信自己所说的话。而且，省吾所说的话也的确并非全部属实。省吾他们所找寻的一直是可以证明父亲清白的吴练海，而有着血缘关系的姑姑的出现则是在这一寻找过程中的意外发现。但如果要从头讲清楚这一切又难免啰唆冗长，何况省吾并不想提起父亲的贪污事件，因为这一故事发展得太像电视剧情节，反而会招来更大的怀疑。

遗体被运去解剖了。

省吾被问了很多问题，感到疲惫至极。因为与养母交往时日并不多，省吾根本无法好好地回答警方的问题，比如养母的朋友圈子、金钱往来……

“我知道得不是很清楚。”

省吾很清楚这种暧昧的答案只能引起警方的怀疑，但是他也只能如此作答。大脑一片混乱的他现在连伤心的余暇都没有。

他终于明白，人只有在心有闲暇的时候，才能为亲友的死亡感到悲伤。

电话成了疑点——就是那个将省吾叫去绿洲咖啡店的电话。警察去“绿洲”调查后，发现在省吾走后并没有类似电话中的女子出现，也没有人来旅馆找。

“那个服部三绘子小姐一开始并没有打算跟你们一起来这里，对吧？”

“是，所以我听说有人打电话过来时，也很惊讶。虽然电话里并没有报出名字，但是说到神户，我想到的只能是她。”

“电话不是你接的？”

“是女佣告诉我的。”

“除了她，你想不出其他人了吗？那个电话很可能根本就不是服部小姐打来的。你说过她是你的未婚妻……如果是那种关系的话，怎么可能只让别人带话呢？虽说你在洗澡，但是也不用等太久。按理说应该在十几、二十分钟后，亲自打电话跟你说才对啊！”

“……有没有可能是其他人装成三绘子给我打电话呢？”

“有可能。”

“但是，如果是那样的话，假如当时是我去接电话，不是马上就知道她不是三绘子了吗？”

“如果是你接电话的话，对方应该也有相应的对策吧。总之，我先调查一下，你有服部小姐家的电话吗？”

“有，我马上打过去。”

“这宅子太大了！”省吾坐在京都桥诘邸的会客室中嘟囔道。

管家兼司机植原站在他面前。

“反正您也快搬了吧。”

植原的话既不像是疑问，也不像是讽刺，听起来更像是对世界毫无兴致的男人无意间发出的声音。

植原提出了辞职。

京都的宅邸太大了，省吾怎么也住不惯，结果就只能将它处理掉。这样一来，一直管理宅邸的植原也就没有用武之地了。原本植原还负责管理宅邸的账目，但曾做过会计的省吾现在也可以由自己来做。

“找到工作了没有？”省吾问道。

“总会有办法的。”植原直愣愣地回答。

虽然早晚都要将这个宅子卖掉，但是就实际情况来看，短时间内是不可能卖出去的。长野县警察总部的警察们现在正出差来京都调查。

诹访子已被判定为他杀。不知是谁将下了毒的酒瓶端了进去，但在酒瓶上只发现了诹访子的指纹。端酒进去的人小心翼翼地将自己的指纹全部擦掉，也就是说这是一场有计划的谋杀。

原以为是三绘子打来的那个电话也被查明是其他人故意设计的。当晚省吾打长途电话过去确认时，三绘子还好好地待在神户的公寓中。

这也是他杀的最好证据。犯人认为有省吾在会很碍事，所以打电话将他引出去，只剩诹访子一个人在旅馆。

省吾有着完美的不在场证明。电话是身为第三者的旅馆女佣接的，而省吾于九点十分左右叫了计程车赶去车站，然后直到十点十五分都待在绿洲咖啡店。

待在菊之间的诹访子在九点半之前还活着。女佣去铺床的时候，她正在翻看杂志。也就是说她是在九点半至十点的这段时间内被投毒致死的，而这段时间省吾正待在绿洲咖啡店。

去铺床的女佣曾询问诹访子十点送来的酒要怎么弄。

“您的酒需要温到什么程度呢？”因为是夏天，她想客人可能会想喝点儿冷的。

诹访子说：“刚才我跟那个很可爱的女佣说了要热酒。虽然是夏天，但是喝热酒反而会更凉爽。”

省吾有着完美得不能再完美的不在场证明，甚至完美到了不真实的地步，至少省吾觉得他的不在场证明实在是完美得离谱了。不管怎样，桥诘诹访子的死使得他一夜之间成为巨富。

诹访子——这个有着血缘关系的姑姑、也是短时间作为养母的人——是个彻头彻尾的好人，却被凶手残忍地杀害了。省吾心中无比愤怒，让他无法原谅那个残忍的凶手。而且因为这个凶手，连省吾自己也遭到了警方的怀疑。

“一定要将凶手找出来！”省吾想着。

他对着眼前的植原说道：“你走也可以，但是因为养母的案子，你得把联系方式留下。我想警方也希望你这样做。”

“不，已经没我什么事了。”植原说。

八月三日案件发生时，他们夫妻正住在滋贺县乡下的亲戚家中。所谓的亲戚其实是他在当地做巡警的儿子。因为当地正举办夏日祭祀活动，当晚，他们邀请了儿子在警局的上司和同僚到家中。警察署长和其他警务人员都可以证明植原夫妻两人整晚都待在那里。

植原的神情好像在说，我可没像你那样受到怀疑。

省吾在心中咂了咂舌。

“但在其他事情上可能还需要找你，比如说账目上的事。”

“明白了，我把住所写下来。”植原在纸上写了滋贺县乡下住所的地址，“有事的话，随时找我……请只限于有事的时候。”

意思好像是在说，没事千万别来烦我。

植原出去后，省吾抱住了头。

这算怎么回事！

这真是个狼狈不堪的暑假，连哥哥的断七忌日也没法去参加，最后只能从上诹访给东京发电报说明情况。

“有事不能至，详情见报。省吾。”

桥诘练太郎即吴练海的墓在京都，他的妻子诹访子本来也应该一同葬在那里，但是，省吾想他的养母可能也会像她母亲一样，希望分一部分骨灰葬在叶村家的菩提寺。

省吾的父亲葬在东京，墓地看起来总给人一种很拥挤的感觉。虽然省吾也记不太清墓地的具体样子，但是印象中爷爷所葬的长野菩提寺给人的感觉要宽敞很多。养母是祖父的女儿，如果要分葬的话，肯定也是葬在长野菩提寺。

这段时间，省吾每天都为处理养母的身后事以及应付警察的询问，忙得不可开交。

等省吾好不容易有空回到公司那天，他发现同事看他的眼神都带有异样。

“太没意思了吧。”省吾跟三绘子嘟囔道。

午饭过后，冈本分店长将省吾叫了过去。

“这一阵子忙坏了吧？”

分店长按惯例寒暄了几句，马上将话题转到了正题上。

“之前放在你那儿的月光原浆，我们九月份要拿出来使用。”

“哎？那个不是假的吗？”

“要不是这么说，你也不会帮我保管了吧……那个是真的。哈哈哈……那么轻松地就让你替我保管了，真是帮了我大忙啊！我当时开玩笑说瓶里装的是威士忌，还怕你当真把它喝了。这几天就一直想跟你说清楚这件事的。当然，那个东西本来就不能喝。一直瞒着你，非常对不住。总之，帮我保管到九月份就好了，拜托。”

省吾真不知如何回答是好——那个原浆是真的？

东西已经不知道被谁偷走了，事到如今，原浆被偷了这种话是怎么也说不出口了。

“啊……”省吾只说了这一句，便回到了座位上，然后头开始剧烈疼痛起来。

回到京都的宅邸之后，他又看见了植原的辞职信。

不知什么时候，保姆富泽清江走了进来。

“老爷，警察来了。”

听到声音，省吾抬起了头。

“让他们进来。”省吾不耐烦地说道。

山内警官询问的开场白永远都是——关于桥诘家的情况，身为养子的你实际上是一无所知，是吗——询问的语气中总是带着半分吃惊半分难以置信。让省吾不禁觉得他话中有刺。

这次来的还是那个山内警官。

有太多的事情搞不清楚。

不只是养母的死，还有之前发生在省吾身上的事，很多事情都得不到合理的解释。

——好，我要把所有谜题都解开。他在内心暗暗给自己打气。

首先，需要整理一下有哪些事没有搞清楚。

山内警官等人沮丧地离开桥诘家时，已经是晚上八点了。之后，省吾打电话将三绘子叫了出来。

有些事情省吾还没有告诉三绘子，但事已至此，他也没法再顾忌太多了。同时他也在心里期望着，随着其他谜题的解开，公司原浆的问题也能够得以解决。

听筒里传来三绘子满是担忧的声音。

“省吾，你心里还很闷闷不乐吗？”

“已经不了，不，是不能一直闷闷不乐下去……其实，我有些事需要你帮忙。”

“我能做到的话，一定尽力而为。”

“就是之前你介绍给我的花隈的那些阿姨。当时，她们说不知道我养母结婚后的情况。其实，春子婆婆是知道的。今年正月，她还在京都跟养母见了面……但是，她为什么说她不知道呢？我想知道这到底是怎么回事。”

“你说的是真的吗？”

听筒里传来清晰的吸气声。

“是真的。不会错。”

“要是真的话，那就太奇怪了。”

“是很奇怪。我决定这次要将所有奇怪的事情彻底调查清楚。你能帮我吗？”

“当然，我很高兴能帮你……但是，她为什么要说谎呢？当时她那样说不是很诡异吗？”

“对，就是太诡异了。”

“现在是八点吧？”

“不用今天去问。”

“才八点，时间还早。我去一下茜草阿姨那儿，我要去问清楚，为什么茜草阿姨要帮春子婆婆骗我们。我有预感她和春子婆婆是串通好的。”

挂下电话后，省吾闭上了眼睛。

养母是那样好的一个人。但是或许正因为她的善良，会不会有些行为反而没有考虑到他人的感受，在不知不觉间伤害了其他人？

虽然跟养母相识的时间并不长，但省吾很清楚，养母一直一个人过着孤寂的生活。虽然养母对书法颇有兴趣，应该会有些这方面的朋友，但是仅仅有着共同爱好的人却很难成为患难之交。

一直有来往的应该是之前桥诘家的女佣贞姨。与其说是女佣，不如说是茶友。一年前，在经营着小染坊的儿子的不断催促下，贞姨才无奈地离开了桥诘家。说到桥诘诹访子最为亲近的人，大概就只有这位可以完全被排除嫌疑的贞姨了。

桥诘家有两栋房子，还有大量的股票，资产之多，直到现在省吾也还没有估算清楚。

“到底有多少财产呢……植原应该很清楚。以后，还是请你看看家里的账目吧。”

诹访子曾若无其事地这样说过。

为财产杀人？显然这是不可能的。入籍的手续都已经办完，诹访子死后，所有的财产都将由省吾继承。

“自己被怀疑也是有道理的”。

省吾再次这样想道。

这时，他突然想到了某种可能性——杀人灭口。

在金钱方面，诹访子总是粗心大意，会不会有人曾私吞了诹访子的一部分财产？在省吾成为养子后，她曾想了解一下自己的财产情况，甚至还让做过会计的省吾整理账目。

诹访子虽然上了年纪，记性却很好。即使是金钱上的问题，有很多她都记在了脑子里，根本不用翻笔记。省吾整理账目时，她从旁边说道——这笔是这样的——似乎很多东西她都记在脑子里。

如果能将诹访子灭口，很多东西继承人也就再没法搞清了。

“好，我来查下文件！”

有些东西即使在账簿上没有记载，也可能会从借据、发票、申请书，或是估价单上找到些蛛丝马迹。

省吾将账簿拿出来翻看。

植原的记账法简直就是流水账，账簿只不过是列着收入和支出的冗长清单而已。

“明天请假去银行查好了。省吾心想。”

桥诘家有很多有价证券都被存放在银行的金库中。而且，由于月光原浆的事情，省吾也不想去上班了。他现在已成了富豪，即使被公司炒了也无所谓。

搞丢了月光原浆，大不了就赔偿损失——省吾心里生出了这样的想法。

宅邸中的金库里也有很多股票，其中有大公司的股票，也有一些连名字都没听过的公司股票。每个公司的股票都被分别放在大文件袋里，此外还有一些记录详尽的备忘录，大部分是用英文或中文写的，想必是吴练海生前做好的。

京畿物产株式会社　资本五千万日元

其中桥诘名下的股票有八百万日元

前期分红为一成半

另外还有审计报告书，上面有注册会计师的签字盖章。

看到注册会计师的名字后，省吾不禁暗自惊呼。

春名甚吉——同时也是樱花商事的顾问。他是个很有本事且名气很大的注册会计师，跟很多公司有联系也是理所当然的事。

荣屋商事株式会社

成功房地产株式会社

中华料理三光阁

……

省吾发现，即便只将植原所做的账簿中分红日当天的账单拿出来对照，也会发现很多不合理之处。很多地方明显漏记了。本来，流水账式的记账方法就很容易漏记。

“账目乱七八糟的。”

省吾将记录与账簿一一对照，仅在十点之前对照出来的账目中就有二百万日元的金额缺口。

十点时，省吾接到了来自神户的电话。

三绘子的声音十分激动。

“我问了茜草阿姨。她坦白说是受春子婆婆所托，向我们撒谎说不知道诹访子……真是太过分了。虽说是受春子婆婆所托，但她可以明确拒绝呀！她一直跟我道歉，但我还是很生气，很生气……”

“为什么春子婆婆要拜托她这件事呢？”

“那个，茜草阿姨好像也不是很清楚。只说是受某人所托……至于那个某人是谁，春子婆婆也没有具体说……但是，看样子，应该是相识的律师或是注册会计师之类的……总之，大概是这方面的人。”

“注册会计师？”

省吾脑海中马上映出春名甚吉的脸——左边秃顶，每次都是歪着头的那张脸。

打完电话后不久，保姆富泽清江就端了红茶进来。

“您请喝茶。”说完她就退了出去。

省吾没有喝，而是把红茶倒入了洗手池中。

防人之心不可无。

如果养母之死与金钱有关的话，那么就应该注意一下植原对财产不明不白的管理。

不过植原有着不在场证明。当然，实施具体行动的很有可能是其他人。警方之所以怀疑同样有着不在场证明的省吾，也是因为有共犯存在的可能。

会不会是富泽？省吾等人旅行时，她一直留在京都的宅邸中看家。这一点也有必要调查清楚。

但即便如此，只要稍微检查一下植原所做的账目，就会发现其中的漏洞。他有必要特意去杀人灭口吗？

省吾怎么也想不通。

那一晚，省吾失眠了。

“明天去问问贞姨。她应该是最清楚桥诘家内情的人了。”

省吾想着这些，整晚都在床上翻来覆去。

第二天，在高槻市边缘的贞姨儿子家中，省吾问植原到底是个什么样人时，贞姨这样回答道：

“他是个胆小的坏蛋。对着夫人就卑躬屈膝、甜言蜜语，对着其他人就爱答不理。那个叫植原的男人就是个表里不一、小气吝啬的人。”

完全是毫不留情的批评。

“我当时辞职的时候，真是很担心啊！那里的人都不是什么好东西……我担心，我这个老太婆在时有些事他们还不敢做，等我走后就会迫不及待地去做了……但是，居然发生了这样的事，唉，我该说什么好呢……”

贞姨擦了擦眼泪。

“都不是什么好东西。也包括保姆富泽吗？”

“她也是。在我看来，她是个很会伪装的人。虽然她工作得勤勤恳恳，但也只是在夫人面前才这样。那两个人都是这样。两人都想方设法地跟夫人要钱，总是做些这样那样下流卑鄙的事……植原那家伙还想让我帮他问能不能成为夫人的养子。真是白痴！收他那样的人做养子还不如从孤儿院找个踏实稳重的孩子呢……但是，像您这样跟夫人有着血缘关系、出身高贵的人能做她的养子，真是不幸中的万幸啊！”

这样说来，自从确定省吾入籍之后，植原的脸色就越来越难看了，也不太理睬省吾。就算省吾问他话，也不怎么回答。

而保姆富泽清江开始时也很冷淡，之后就奉承起省吾来，半夜也会给他端茶倒水什么的。

植原成为养子的梦想破灭后，索性就破罐破摔，最后终于辞职离开了。或许他也觉察到账目上的问题早晚都会败露。

相对而言，富泽清江对诹访子的无微不至，更像是想从诹访子身上获得一些实惠。她的愿望并不大，如今则将这种期待转移到了省吾身上。

那个被青翠草坪环绕的宅邸处在欲望的旋涡中，其中孤零零地坐着一个老妇人，一直呵呵地微笑。她的眼中根本看不到这些丑恶的东西。

省吾想到养母那慈祥温厚的笑容，心情再也无法平静了。

“这样啊，把植原收作养子啊……”他低声道。

“太不要脸了！”贞姨狠狠地说，“那个男人，不只托我，还托了春名先生去说。”

“春名先生是那个注册会计师吗？”

“是啊！他可能觉得要是春名先生去说的话，可能夫人就会听了。春名先生人太好了，所以他就跟夫人说，如果没有继承人的话，不如现在就定下来比较好。但是我跟夫人说，还是先不要定，因为夫人的哥哥还有儿子，慢慢找的话，绝对可以找得到的。”

听到春名名字的一瞬间，省吾有种缠作一团的线团突然被解开的感觉。让花隈的春姨不要说出诹访子身在京都的人，就是个律师或注册会计师。因为如果诹访子的血亲出现的话，植原成为养子一事就泡汤了。

如果春名想让植原入籍桥诘家，就必然要阻止省吾与诹访子见面。两人很可能约好，春名为植原成为养子出力，相应的，事成之后，植原要付给春名一些好处费。

但是知道省吾在寻找吴练海的人，应该只有兄嫂和三绘子三人。难道不只这三人？

省吾想了一会儿，突然想起了月光发售纪念晚会上的情景。

那时，他第一次向三绘子提到了吴练海。

“那当然，我可是在‘花隈’长大的……我妈妈还是‘花隈’的艺人呢……”

他脑海中浮现出说完话深吸了口气的三绘子的脸。接着她又说：“叶村，你是不是很瞧不起我啊？”

省吾回答：“别说傻话了。”然后，他便告诉三绘子自己的父亲一直被当作贪污犯，而证明他清白的关键就在花隈。

“服部，刚才听你说，你是在花隈长大的。那你有没有听说过‘吴练海’这个人？”

他这样问她。

“吴练海？”

她歪着头想。

省吾解释说，那个男人是与花隈的艺妓结婚的中国革命家。

当时，春名甚吉也在场。他很有可能听到了省吾和三绘子的对话。的确，当时吉冈教授插嘴让省吾唱首歌，省吾正为难的时候，是春名帮他解了围。

如果春名曾经想帮助植原成为养子的话，就必然跟诹访子具体谈过，肯定也听诹访子讲过姓叶村的哥哥曾经帮过吴练海，也应该知道诹访子哥哥家还有儿子的事。

宴会上，春名偶然间发现了可能会阻碍植原成为养子的男人。如果植原能成为养子，之后给春名的谢礼很可能是让春名钱包鼓胀的巨大金额，但是因为这个男人的出现，一切都将成为泡影……约摸有十几亿日元的财产，即使两人平分，每人分得的金额也是无比巨大的。

而在姬路工厂的材料厂，不知是何人推倒钢材想要置省吾于死地的事情，其真相也渐渐清晰了起来。

谜团被一个个解开。

那天，知道他要去姬路的人都有谁？

省吾本人也是在当天下午三点的时候才知道要去姬路的，在那之前，他还因为要跟三绘子约会而心潮澎湃。知道的人有分店长冈本以及参与洽谈买卖姬路用地的春名甚吉——让省吾去姬路的不就是春名吗？

春名要跟分店长冈本谈到很晚，因此点名让省吾去了姬路。也就是说，春名肯定没去姬路。他虽然没去，却有可能告知其他人省吾要去。

看似漫不经心的换人之举，很有可能也是之前预谋好的。

那么，在姬路推倒钢材的到底是谁呢？

除掉省吾后可以获益的人——还有植原。

推倒钢材，干掉省吾，有谁会将植原与省吾两人联系起来呢？就连差点被抹杀的省吾也是刚刚才知道了这层关系，很可能这起事件就会被当成普通事故草草了之。

去了姬路，省吾肯定要进行实地考察。这一点春名是知道的，如果他将此事告诉植原的话……

轻轻松松一下子就可以获得十几亿的意外之财，即使是下毒，他也会毫不犹豫地下手！

——没错，就是植原。

省吾本打算拜访完贞姨后就去银行调查一下，之后还有时间的话就去神户见见三绘子。但现在看来，他不得不改变计划了。

“阿姨，我再来看您。”

省吾离开贞姨家之后马上赶往了京都。

植原虽说这几天就要搬到近江的乡下去住，但是现在还没有搬出桥诘家。省吾不打算直接去问植原，他要先调查清楚事发当天植原的活动。

一丝不苟的富泽清江总是会将每天发生的事情事无巨细地记录到日记里。只要查一下日记，就能知道当天在桥诘家发生了什么事以及植原都干了些什么。

回到宅邸后，他问富泽：

“可不可以借我看下你的日记？”

“什么时候的呢？”

“今年四月和五月的。”

“我知道了。”

很快，富泽清江就拿了一本日记过来。她拿着日记扭捏了一阵子，说道：“我的字写得不好看，日记里还记了一些私人的东西。实在是不好意思拿给您看……如果可以的话，可不可以告诉我您要看的日期以及要调查的事呢？”

省吾还记得出差去姬路的日期。本来那天要与三绘子进行第一次约会，结果却因为出差的事而泡了汤。

“四月二十一日。我想查一下那天植原都做了什么……我查他这件事希望你能替我保密。”

富泽点了点头，翻起了日记。

“翻到了。”

这页应该没写什么隐私，因此她痛痛快快地将日记本摊到了省吾面前。

四月二十一日　阴

上午，阿贞来访，与夫人闲聊。后拿着夫人开出的物品单去市场及百货商场采购。阿贞于午饭后回来。植原去大阪竹风堂取丹波陶器，顺路送阿贞回高槻。今日收到的信件有吉野木材的增资报告、京阪画廊的现代陶艺展指南以及三份广告。下午三点，田中医生来，给夫人注射了维他命。植原打电话说要去大阪的朋友家，因此晚归。晚八点时方归。给今井书店打电话预订书法全集。

看来事件发生的那个时间段，植原并没有在宅邸中。他晚归的理由是去拜访大阪的朋友，这个借口简直是漏洞百出。

至于暖水瓶被投毒的具体时间省吾则记不太清楚了。

“能借我看下五月末那段时间的日记吗？”

“请看。”

富泽清江的字不仅不是不好看，简直可以说是清秀无比。省吾发现在五月二十四日的日记中写着“叶村省吾来信”这几个字。信是在白猫被毒死后才寄出去的，这样算来，投毒的日期应该是在五月二十一、二十二日。

植原二十一日去了大阪的公寓，二十二日出席了大阪牧村产业的股东大会。这两天，植原每天都有半天以上的时间不在京都。

“谢谢。”省吾将日记本还给了富泽。

“帮上您的忙了吗？”

“是，帮了大忙了。”

富泽将省吾还给她的日记本抱在胸前，又开始扭捏了起来，然后像是终于下定了决心似的说道：

“老爷！”

“什么事？”

“实际上……”富泽怯生生地开口说道，“是关于植原的事，我想应该让您知道比较好。”

“请你完整地告诉我。”

“五月初的时候……”说出这件事似乎需要很大的勇气，于是她闭上眼睛，好一会儿才再次开口道，“植原跟我说，如果有个叫叶村的人写信过来，就先把信件压下，不要交给夫人看……其实植原离信箱还要更近一些，但是他经常外出。他说在他外出期间，希望我注意一下寄来的信件……可是，我说我不能那样做，就拒绝了他。接着他又说，如果我扣下信件交给他的话，他就给我十万日元的现金，还说之后会有更多的谢礼……”

“然后呢？”

“我干脆地拒绝了。但是……”

“但是？”

“我……还有个孩子。”富泽紧闭的眼中流出了泪水，“七年前，丈夫去世了，现在一直将孩子放在老家。是个男孩子，明年就升初中了。我很想让他像普通人一样读到大学。但按现在的情况来看……那时的十万日元，实际上对我……不知不觉的，我还是有点儿犹豫。但是我不想做任何背叛夫人的事。那么好的夫人……不论什么事，她都没有催促过我，一直很尊重我。所以，我就干脆地拒绝了植原的提议。”

富泽睁开了眼睛，泪水朦胧的双眼好像在向省吾祈求着什么。

“我明白了。多亏了你，我的信才顺利地到了养母手里。”

“我不是那种施恩……施恩图报的意思。”

“富泽，你放心。只要你继续像以前那样打理这个家，你儿子一定可以念到大学的。”

“真的……”

富泽的脸上好像化了妆，泪水弄花了她的妆，那张瘦弱无比的脸现在越发让人看不下去了。

虽然还没有确凿的证据，但可以肯定的是，植原一直都在暗地里活动，希望能够成为桥诘家的养子。而在这种情况下，省吾显然就是事情成败的决定性的绊脚石。而且通过春名甚吉，植原当时应该已经知道，省吾有可能很快就将找到桥诘诹访子了。

他拜托保姆富泽清江扣下叶村的信，这也可以作为这个推论的佐证。

为什么有人想要我的命呢？

省吾一直不知道原因的这个问题，现在他终于明白了。

一切都跟月光原浆没有任何关系，只是因为省吾是桥诘诹访子的侄子。

当然，这一切都只是推论。不过，想要杀害省吾的人是植原，这种可能性非常大。

既然已经找不到具体的证据了，这个时候就需要一点小小的技巧。就像贞姨说的那样，植原虽是个坏蛋，却是个胆小鬼，冷不防吓他一下说不定会有用。

省吾敲响了大门旁的小建筑的门。

“哎呀，是省吾先生。您怎么不打个电话就过来了呢！”

只穿着短裤就跑来开门的植原语带不满地说道。富泽清江称呼省吾为老爷，但即使省吾成为宅邸的主人之后，植原也没有改变过对他的称呼，依然叫他为省吾先生。

“哎呀，是我疏忽了。不过，穿什么都无所谓的。”省吾说道。

虽然有内部电话，但是如果事先告诉植原他要来的话，即使是很短的时间，也足够对方考虑各种借口。所以省吾打算突然袭击。

“内子不在家，茶放哪儿了呢……”

植原不断地东张西望。

“泡茶什么的不重要。植原，不如在警察抓住你之前先自首吧，怎么样？这样判刑也会轻一些。”

省吾进屋后，大摇大摆地坐下，盯着对方的眼睛突然说道。突击最关键的便在于这第一击。

“什……什么事啊？”

植原打算装糊涂，但是省吾却清楚地从对方的眼中看到了慌张。

“你应该很清楚吧？四月二十一日，你去了姬路吧？”

“姬路？您究竟想说什么……”

“我全部都知道了。你留下了去姬路的证据。”

省吾自信满满地套着植原的话。

植原已经难掩心中的不安，下垂的嘴角不停地颤动。他的眼中已经看不到任何沉着了。

省吾发出第二击，接着说道：“警察正在秘密调查注册会计师春名，但是搜查主任曾向我暗示过，调查春名只是为了搜集旁证，真正的对象却不是他。”

“春名先生？到底是怎么回事？”

植原装作毫不知情似的询问着，但是他那胆怯的态度却背叛了自己。

“对象好像就是你。”

“什么对……对象啊？”

“警察说的对象当然是已经确定的目标，说白了就是犯人的意思。”

“胡说！”植原咽了口唾沫，“那是胡说八道！警察真的那么说了吗？”

省吾注意到对方的声音有些颤抖，于是又说道：“当然，在逮捕之前，警方是不会明确说出来的，但是他的确是这样暗示我的。我的耳朵听到的就是这些。”

“有什么证据？”

“那倒还没有跟我说……但是姬路发生的事件以及在我公寓投毒的事件，警方应该已经有确凿的证据了吧。比如说，事件发生时你的不在场证明。”

“我完全不知道你在说什么。”

植原声音也变了，可能因为过于害怕，浑身都丧失了力气。果然是个胆小的坏蛋，经不起吓的东西。

“在养母的案子中，你的嫌疑也越来越大了。”

“太荒谬了……你，就是你，成为养子的你。警察问了我好多关于你的事，他们还是刨根问底地问的。”

“别人也问了我很多关于你的事——想成为养子的你的事，问得我都烦了。但是我本来也不太了解你，所以没法回答得很详细。关于你的那些资料，我想他们应该是从春名先生那里得到的吧！”

省吾说这些话的时候，植原瞥了一眼电话机。

“要不，给春名先生打个电话吧？”

省吾冷冷地说道。

省吾说的这么多话中，大概只有这一句是植原听进去了的。

“这些都是真的吗？省吾先生。”

植原的声音听起来是苍凉而悲伤的。他的意志已经完全被对方摧垮了。

“早点自首不是更好吗？”省吾猛然说道。

“夫人不是我杀的！”植原喘着粗气说道。

省吾死死地盯着植原的眼睛。他的整张脸都在不停地颤抖，也可能是在用力地摇头。省吾从他那不停转动的眼珠中确信，只有刚才那句话才是实话。

省吾也认为杀害养母的罪犯不是眼前的这个男人。他有不在场证明，如果没有共犯的话，是不可能在信州杀人的。

“我没有杀人……把夫人杀了对我有什么好处呢？那时我正住在近江的乡下……”

“或许是这样。可是姬路和六甲公寓的案子是你做的吧？”

植原没有答话，眼神一片空洞。

真是个胆小鬼——省吾对此感到愤怒，但更多的反而是对植原的怜悯。

他的这一反应等于是承认姬路和六甲公寓的案子是他做的了。这两个案子应该都是他本人亲自所为。这个男人连委托他人杀人的勇气都没有。的确，找一个共犯共同作案是一件需要勇气和胆量的事情，而这两样东西，植原都没有。

关键是，植原的确没有任何杀害养母的理由。

在省吾与诹访子见面之前，植原还有杀害省吾的动机和理由，而在省吾与诹访子见面后，植原好像已经放弃了这一念头。

省吾入籍桥诘家之前，曾多次出入桥诘家。如果植原想要杀害省吾的话，有很多次机会，但是他却没有这种勇气。

何况就算他是因为愤怒而报复，那么植原要下手的对象也应该是省吾才对。只因为省吾刚刚几句威胁的话语就吓得全招了的人，是不可能做出报复杀人这种事情的。

省吾也想过，植原会不会是想隐瞒在财产管理中的不法行为而作案？可是，植原那些行为实在是太幼稚，即使杀掉养母也不可能扭转局势，单从账簿中就可以轻易抓到他的小辫子。

“求求你。我该怎么办？毕竟也没有人死……”

植原已经开始语无伦次了。

“没错，推倒钢材也好投毒也好，我都没有死……丧命的只有一只猫。既然是这样，也就没有什么大不了的了。你现在要做的就是填补账目上的漏洞。看起来你也不像那种把私吞的钱胡乱花出去的人。把那钱吐出来，应该就可以填补上了吧。”

说完后，省吾站了起来。

到此，发生在省吾身上的案子已经解决了。但是养母一案的线索至此却全部中断了。

省吾想起了警官看他时的眼神。

那个谜一样的电话造成的不在场证明保护了省吾，而植原也有着不在场证明。两人都有着充分的不在场证明。

离开植原住所时，省吾回头说道：“帮我准备辆车，送我去车站。”

他非常想见见三绘子。

省吾现在就像在伸手不见五指的黑暗中摸索前行一般，身边没有任何东西可以依靠，心里感到非常不安。在这种时候，一个值得完全信赖且十分可靠的人或物都可以成为莫大的安慰。对于省吾来说，这个人就是三绘子。

坐在车里的时候，省吾问植原：“六甲公寓里，水桶后面有个蓝色包裹吧？”

“嗯。”

“果然是你。为什么把那个东西拿走？”

植原没有回答，只是默默地握紧了方向盘。

“姬路的案子也好，公寓的案子也好，只要我不跟警察说，他们是不会查到你这儿的。只要你好好回答我的问题，我保证我的嘴会严严实实的。”

“嗯。”植原看着前方说，“春名先生说，把那个东西偷出来对我们有利。”

“对你们有利？”

“是……就是说即使失败了，不是，对不起……”植原扭了下肩膀，接着说，“就是说，如果我们伪装成是你把那东西卖给其他公司的话，就会影响到你的信誉。嗯，反正就是这么回事。”

也就是说，即使投毒失败了，也可以借此使人怀疑省吾的人格信誉，让诹访子觉得省吾没有资格成为桥诘家的养子。毫无疑问，像这种带有双重保险性的严谨计划只能是春名想出来的。

“后来呢，发生什么事了？”

“春名先生跟你们分店长委婉地提过，说听说你把那个很重要的东西卖给了其他公司……但是分店长一笑置之……好像说那个东西是假的，而且你也知道它是假的，所以你是不可能把它卖给其他公司的。”

“这样啊。”

的确，分店长把东西交给省吾时，跟他说过这东西是个诱饵。看来分店长也是这样跟春名说的。

但事到如今，为什么又跟他说实际上那东西是真的呢？

连冈本分店长的所作所为都令人搞不懂了。

“春名先生说，我们被算计了。”

“那，那个包裹呢？”

“春名先生拿走了。”

植原屈服之后，变得极为听话，把所有一切都告诉了省吾。

“投毒那次不是你第一次进入六甲公寓吧？”

“嗯，之前也进去过一次。不过，那次什么都没做。我想找找看房间里会不会有跟夫人相关的东西，结果什么都没有。”

“你翻过书吧？”

“这个……可能翻了……真的，对不起，警察那边还请您高抬贵手。”

“我知道。”

轿车抵达了京都车站。

四

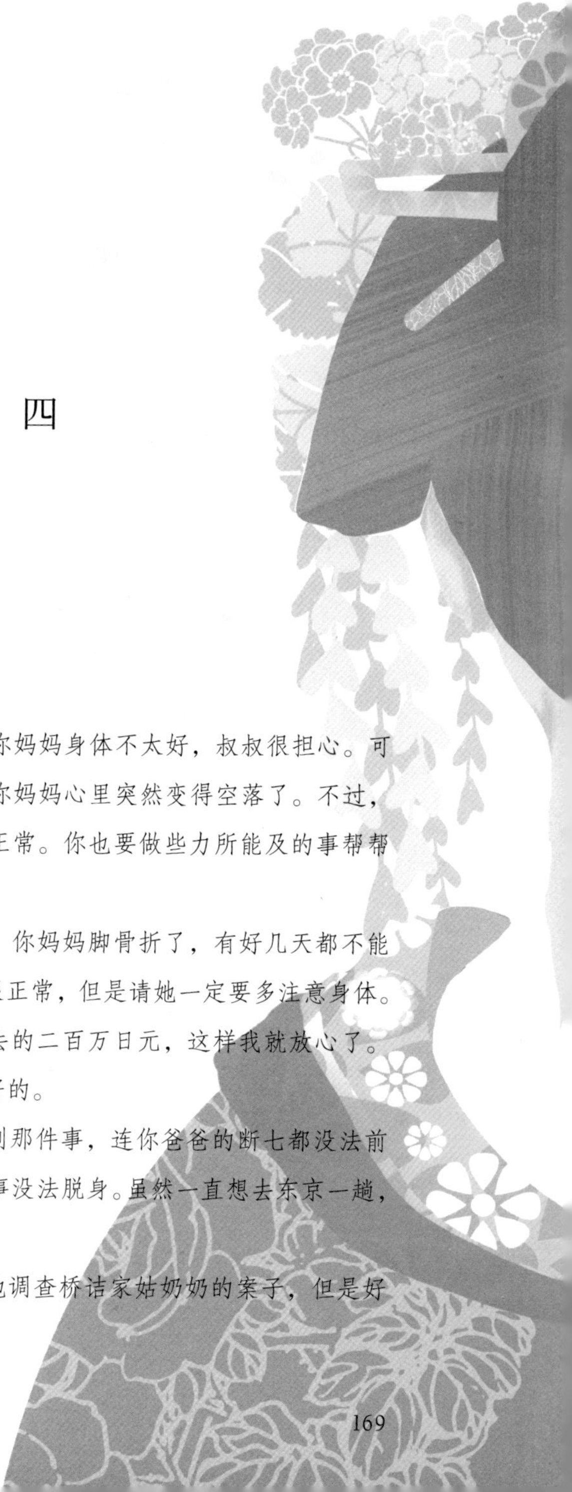

顺子：

来信已收到。听说你妈妈身体不太好，叔叔很担心。可能是你爸爸过完断七，你妈妈心里突然变得空落了。不过，天气这么热，生病也很正常。你也要做些力所能及的事帮帮你妈妈。

听说断七的前两天，你妈妈脚骨折了，有好几天都不能动。虽然她内心沮丧也很正常，但是请她一定要多注意身体。

你说已经收到我寄去的二百万日元，这样我就放心了。以后，我还会再给你们寄的。

叔叔因为在信州遇到那件事，连你爸爸的断七都没法前去。之后，这边也有很多事没法脱身。虽然一直想去东京一趟，但是一直没有机会。

警察正在全力以赴地调查桥诘家姑奶奶的案子，但是好像都没什么进展。长野县警察总部的警察还跑到京都进行周密调查，但到现在还没有令人满意的进展。叔叔我也因为这个案子被禁止外出了。

这案子有些令人摸不到头脑，叔叔也不知道这一切究竟是怎么回事。不过我一定会将犯人找出来。那么善良的老人就这样被残忍地杀害，这个冷血的凶手真的令我恨得咬牙切齿。

最近一直都很忙，但现在终于有时间能去趟东京了。明天我就出发。如果直接去东京的话，说不定我到了，这封快递还没到。不过我打算坐中央线去一下信州，在上诹访住一晚上再去东京。

你姑奶奶生前很希望能在死后将骨灰的一部分埋在叶村家的菩提寺中，所以这次我会带着她的骨灰去一下法祥寺。我已经和寺院的人说好了。之前，我和你姑奶奶本来也是要走这条线路的，却不想在上诹访发生了那件事。所以我也想在上诹访想想这件案子，看看能不能查出点什么。

因此，我可能会在后天下午到达东京，还有一些公司的事要处理，处理完后我就去顺子那儿。

你妈妈的身体不是很好，就不要让你妈妈起来做饭什么的了。后天晚上，我会买寿司带过去，你们不用特意准备什么。

后天见。

寄出这封信的第二天，省吾便出发去了上诹访。

开始时三绘子也说要一起去，但这次旅行主要是将骨灰埋到寺院里，旅行的气氛实在有些阴郁，而且如果三绘子一起去的话，身在东京的嫂子肯定要忙一阵子，最后三绘子还是决定不去了。

另外，省吾的心中还有一件心事。那就是，放在省吾那儿的包裹不是用来做诱饵的假冒品，而是货真价实的原浆。冈本分店长还说九月份就要使用那个原浆。

月光原浆已经不在省吾手上了，而到底在谁手上，他还完全没有头绪。

注册会计师春名甚吉——这个男人面对人的时候从来只露半张脸，对付这样的人可不容易。他跟胆小的植原不一样，如果问他，说不定他会直接说“你说的是什么啊”，索性装傻抵赖到底。

也就是说，现在原浆是在一个省吾找不到的地方。不过，冈本分店长也跟春名说过，那个不是真的原浆，说不定他也不会怎么用心保管。想些办法的话，还是有可能将原浆拿回来。但省吾心里却觉得厌烦——干脆地负起责任算了。

去东京见到佐仓社长，就跟他辞职吧！直接这样跟社长说——由于丢失了月光原浆，我愿尽己所能进行赔偿。

而这件事，他还没有跟三绘子说过。

三绘子最后放弃了跟省吾一起去东京，省吾暗暗地松了口气。

直到出发的前夜，省吾都在整理养母的财产。

那晚他翻出了一打文件袋，文件袋的绳子上夹着一张厚板纸，上面有毛笔写着两个漆黑大字——“倒闭”。字迹是省吾所熟知的吴练海的笔迹。这里装的应该是已倒闭公司的股票。

解开绳子后，他发现里面所装的确实是各个公司的股票。

“金融界也很残酷啊！”

省吾叹了口气。

在这之中，有个文件袋上写着“殿村物产株式会社”。

省吾总觉得这个名字好像在哪里听过，想了一会儿之后，突然想起那是嫂子进学校工作之前所任职的贸易公司。

——哦，原来那里也倒闭了……

不过，这一切还真是个讽刺。

当然，作为一个小小的女职员是不可能认识股东的。不过，兄嫂夫妇寻找吴练海花费了那么长的时间，却没想到那个吴练海居然是嫂子十几年前所任职公司的股东。

可以说马上要去的法祥寺也是一样的。养母一直过着悠悠闲闲、满不在乎的生活，直到最近才想起十七年前去世的母亲的遗书里出现了法祥寺——这个叶村家菩提寺的名字。

嫂子公司要是让嫂子整理股东名册的话，可能嫂子早就发现了吴练海的名字，也不会像后来那样寻找得那么辛苦了。

同样的，如果养母早点联系法祥寺的话，大家很容易就可以见面，父亲的清白也早就得以证实了。

“这个世界就是这样……”

省吾摇着头低吟道。

选择上诹访的住宿时，省吾依然预约了上次住过的碧波楼。

旅馆的人当然还记得省吾。

“当时在菊之间服务的女佣呢？”

这次的房间不是菊之间，女佣也跟上次的不同，省吾便问了一下。

“那人今天休息。”

说话的女佣脸总是红红的。

“当时你也在，对吧？”

“是的，当时真是挺辛苦的。”

“给你添了很多麻烦，抱歉。”

“哪儿的话，发生了那样的事，辛苦也是应该的。”

“但是，遭到警察查问，那种感觉还是不太好吧。”

“那个……但是不管怎么说，是我们店的酒壶被投了毒，而且，端酒上去的也应该是女佣，总之，警察查得很详细。”

“到最后也没搞清楚端酒上去的是谁吧？”

“当时负责端酒的阿信端酒上去的时候，已经有酒送上去了。本来店里规定，不是店里固定员工的话是不可以端酒的。”

“当时人员混杂啊。”

“对，当时找了一些中学的女学生和附近的农家姑娘来兼职，人员很多……现在也是这样，这些人还没有做惯，有时还会出错，所以我们都尽量不让这些人做跟客人直接接触的工作。一般就让他们在厨房这些不显眼的地方做事。”

“我母亲当时洗澡回来，要求将酒烫热。当时的那个女佣好像不是菊之间的女佣。”

“是的。阿信说，当时她去铺床，就顺便问了一下客人的要求，客人说她之前已经说过了。”

“也就是说，我母亲是跟一个临时过来帮忙的人说的话。”

“没错。实际上，当时我也在走廊看到了。老人家跟一个正巧路过的年轻兼职女孩说着些什么。其实，那女孩什么都搞不懂，看起来还是个中学生。总之，临时兼职的人是没什么责任感的。她也不知道这是哪个房间的客人，也不知道该跟哪个女佣说比较好，到最后嫌麻烦，就不了了之了。这事经常发生。”

省吾本来想在案发地点好好思考一下，说不定会得到什么启发，但看起来他想得太天真了。

这次依然没有任何收获。

本来还期待与女佣的谈话会有些参考价值，但这一切也是徒劳。

经过警察那样彻底地调查之后，怎么可能还有漏掉的线索。

那晚省吾很早就躺下了，第二天一早他还要离开旅馆前往法祥寺。

一想起自己睡在碧波楼，省吾便想起了他的养母。她是个连怀疑人都不会的善良老人，她生在诹访山脚下，却被人害死在诹访湖的湖边。

省吾心中泛起一股无名怒火，怎么都睡不着。装有养母部分骨灰的小盒子被白布包着，现在就放在省吾的枕边。

法祥寺——这个地方省吾孩提时应该来过，现在已经没什么印象，甚至连法祥寺的地址都记不清了。幸好养母亡母的遗书中记载了法祥寺的地址，省吾总算找到了地方。

法祥寺坐落在中央线上的茅野市和富士见市之间。

之所以一大早便出发，是因为他想赶快办完寺院的事，争取坐上十一点四十六分从茅野出发的第三阿尔卑斯号，这样就能在十五点七分时抵达新宿。

夏末的信浓路绿意盎然，晨风拂面，感觉清爽宜人。省吾开着租来的车来到了法祥寺。风虽有些大，却也因此盖住了暑气，令人心旷神怡。

法祥寺前面是高大的榉树，茂盛的树叶被风吹得沙沙作响。

在省吾仅有的印象中，他记得寺院特别宽敞，可是实地一看，发现这不过是乡下一个小小的寺庙而已。省吾记得某本书上好像写过，小时候看到的景物总让人觉得格外壮大。

之前省吾已经去信说明了要安放养母骨灰的事情。

“啊，您就是叶村先生吧？我收到您的来信了。本来还想叶村家不会再有亲属来了，您能来实在是太好了！”

住持有五十岁左右，是个枯瘦的老头儿。听到这番话，省吾对住持说道：“我们跟乡下这边也没什么来往了。”

语气听起来好像是在辩解。

“收到您的来信，我们就查了以前的记录。好像叶村康风先生有个妹妹，而且还去了外国……是这样吧？”

“是的。”

“就是这个人的骨灰吗？”

“是。”

省吾低头看了一眼捧在手中的用白布包着的小盒子。

“请这边走。”

省吾被领进了正殿，办好了安放骨灰的手续。

“我带您去墓地那边。您这么久都没来，想必已经不记得地方了吧。”

住持带省吾去了墓地。墓地离正殿十分远，路上满是一丛丛的野草，省吾的鞋也被叶子上的露水打湿了。省吾静静地走在住持的后面。

叶村家之墓。

墓碑说不上小，但上面却长满了青苔。刚刚过完盂兰盆节[1]，大多数的墓碑都是干干净净的，也正因此，叶村家的墓碑看起来显得格外苍凉。

省吾突然觉得这种场合必须解释一下。

“我们遵从家父的心愿，将他的墓修在了东京。”

“您父亲是？”

“叶村康风。”

“是这样啊……”住持盯着省吾看了一会，疑惑地说道，“那个……前一阵子收到您的来信，我们就查了以前的记录。上面记着叶村康风先生去了南洋。”

“是的，他曾住在南洋。”

“墓在东京？”

“是，是这样。”

---

[1] 日本节日，主要是在七月十五日进行，节日当天要供奉祖先以及扫墓。

“原来如此。我一直以为他就长眠在南洋，那样不是太寂寞了吗？当时还很同情他……原来是这样，您将他的遗骨带回日本了啊。”

“遗骨？”

这次轮到省吾疑惑了。

住持一定是认为省吾的父亲死在了南洋。

“您先扫墓吧，我们到正殿再详谈。”

住持说完，转身朝正殿方向走去。

省吾供上了线香，一边用手指摸着墓碑，一边吃力地读着墓碑上已经很难辨认出的文字。上面写着：

俗名　叶村忠明

一九一〇年九月建立

省吾记得祖父是在一九〇八年去世的，也就是说墓碑是死后两年才建好的。他还记得兄嫂曾跟他说过，祖父的本名是忠明，但是因为讨厌“忠”的发音像老鼠叫，就把自己的名字改成了隆文，但是祖父墓碑上刻着的依然是这个让他讨厌的本名。

省吾的父亲之所以不愿葬在这里，也可能是因为故乡的人都知道了父亲不光彩的失踪。长眠在那些根本不知道什么是贪污革命资金的外人中间，父亲可能会更轻松吧。

回到正殿后，住持给省吾沏了杯茶。

“我还要赶去坐茅野的快车……”省吾说着，站起了身。

“时间还早。”住持看了看表，“还没到十一点，从这里到茅野只需要二十分钟。”

省吾又坐了下来。正殿的拉门一直敞开着。省吾对乡村生活一无所知，他是个土生土长的城市人。对祖先曾住过的这片田园风光，他感到一阵好奇，同时又有一种无比的亲近感。

“说得也是。”省吾掏出了烟。

住持好像很喜欢说话。

“我到这家寺院管事还不到十五年，不太清楚之前的往事，所以很喜欢看以前的记录。像您家这样与这边完全没联系的檀家[1]还有很多。不过您这样突然过来，我真的很高兴。”

“说来惭愧，因为城市生活实在太忙，而且这边也没有什么亲戚了。”

“没有的事，像您这样偶尔能来一次，我真的很高兴。只是没想到，您居然找到了康风先生的妹妹。”

“是，就是最近的事。”

“这么说，事情经过很复杂啊！康风先生的后嗣呢？”

“我还有个侄女，现在还是高中生。”

“也就是说，将来还得收个养子了。”

“看现在的情势，还不知道将来会怎样……”

“但是确立继承人这件事还是很重要的。这绝对不是形式问题。康风先生后继有人，真是太好了。从年龄来看的话，继承人

[1] 隶属于某一特定寺院并参与佛事的世俗信徒。

应该是在康风先生去世很久之后才确立的吧？”

“嗯？”

省吾不清楚住持的话到底是什么意思。

“所谓的家是必须得有人继承的。”住持接着说道，“看来，你是先继承了康风那边的叶村家，后来又有了侄女这个继承人，所以你又继承了康风先生的妹妹这边的桥诘家，是这样吧？看来发生了很多事情啊，不过这样也挺好。你要好好对待这个家啊……那个，对了，康风先生在南洋去世后，他的朋友曾通知我们，还给我们送来了康风先生的遗物。从您的信上得知，康风先生一脉后继有人，我想遗物必须要还给你们，就把东西从库里取出来了。”

住持说完就站起身来，并没注意到省吾一脸迷惑的表情。

“请您等一下。我马上拿过来……之前一直以为康风先生没有什么后人了……对了，大概三年前，有个认识叶村家的妇人还曾来过，说如果有遗物的话想亲眼见见，但是当时东西放在仓库的最里面，拿不出来……”

住持说着走向了走廊。省吾不禁抱起了胳膊。

——这到底是怎么回事？

省吾的父亲是在东京去世的，但是住持却以为他死在了南洋，更奇怪的是这里居然还有父亲的遗物。父亲是在东京的亲友们的注视下去世的，之后也被葬在了东京。他的遗物是绝对不可能被送到这里来的。

不仅如此，住持还认为称康风为父亲的省吾是在康风死后很久才继承叶村家的，只是一个形式上的继承人。

没过多久，住持回来了。

“就是这个。”

白色的小纸片上用红笔写着“叶村家，仔细保存”。

住持恭恭敬敬地从里面取出了几张已经变色的便笺纸、一支古旧的钢笔和一个年头久远的皮钱包。

“虽然放在我们这里很久了，但还请您收下。对了，麻烦您把收据写在箱子上……您要看一下康风先生的死亡通知书吗？是从新加坡寄过来的。虽然康风死在了外国，死时境遇凄凉，但是现在总算有了继承人。佛祖也会为他高兴的。”

省吾听了这些话，依旧一脸茫然。他慢慢地打开了发黄的信纸。

敬启

突然去信，冒犯之至。谨告知贵寺檀家叶村家主叶村康风已逝。

叶村康风于十月十六日，在新加坡市新桥街医院逝世。死因是长年宿疾肝病，最终药石无灵。

故人除在下之外并无其他亲友，晚年的医药费也是在下尽的一丝微薄之力。告知与您并非为了夸耀此事。只因在下是他唯一亲友，且出生地临近又是同姓。既是同胞又是同乡，便尽己之义务告知与您，别无他意。

故人在家乡中并无亲属，唯一的妹妹也未能进入叶村家的祖籍，嫁至外国。

故人生前常说要葬于新加坡，在下便遵从故人遗愿，将他葬于此地。葬礼也已办完。虽说如此，在祖国也有菩提寺，如果就此将一切关系切断未免过于不讲情理，便随信送至故人喜爱的钢笔一支、钱包一个。

并附金额三十元汇票一张，望您能祈祷死者冥福，在下身为友人，感激不尽。

一九一八年十一月二十二日

省吾看到末尾写信人的名字时，简直不敢相信自己的眼睛。上面写着：

叶村鼎造　谨拜

按照计划，省吾乘上了从茅野出发的第三阿尔卑斯号快车。

一群登山归来的学生坐在车上，聊得很是欢畅，正讨论着如何度过剩下的暑假时光。每个人的脸都被太阳晒得红彤彤的，都是一副无忧无虑的表情。

省吾是个很容易受环境影响的人，要是平时遇到这种活跃的气氛，他早就跟学生们打成一片了。

但是这次却不行。

省吾满脑子想的都是在法祥寺看到的那封信。

——那就请您收下吧。

省吾听到住持这样说，就默默地接了过来——信、旧钢笔还有钱包。

钱包里塞着一张褪了色的照片，上面是一个梳着椭圆发髻的年轻女子的半身照。他一眼就看出这是诹访子年轻时的照片，应该是她二十岁之前的照片。翻过照片，后面果然写着：

送给最敬爱的哥哥　诹访子

——这到底是怎么回事？

叶村鼎造告知寺院叶村康风的死。也就是说，康风和鼎造显然是两个人。

省吾一直以为康风是父亲鼎造的名号。

——不，准确说来，应该是别人让他以为父亲鼎造的名号是康风。

在列车快要到达甲府的时候，省吾像要跳起来一般站起身来。

省吾知道父亲号康风还是两三年前的事。这事是兄嫂告诉他的。在那之前，他只知道父亲名为叶村鼎造。

——难道是兄嫂？

想到这，省吾后背全是冷汗。

他又重新坐回了座位。

祖父的名字他也只知道是隆文。

——他本叫忠明，因为个子矮小，大家便像老鼠那样叫他。后来祖父便改了名字，名字取自西乡隆盛的隆字和伊藤博文的文字，多么大气威风。

三年前嫂子曾这样告诉过他。

因为自知余日不多，哥哥便将家族的轶事尽可能地告诉给弟弟——省吾一直都是这样想的。

但是如果鼎造和康风是两个人的话，那么就只能是另外一种解释了。

省吾九岁时父亲就去世了，对于叶村家的传闻一无所知。哥哥与他年龄相差太大，又是同父异母的兄弟，所以也从不在省吾的面前谈叶村家的往事。特别是母亲的话题，简直就成了兄弟间的禁忌。

也因此，虽属于叶村家的一分子，省吾对于叶村家却始终毫无所知，当然他本人对这些也不感兴趣。

可以说他是一张白纸。

白纸上面可以供人尽情发挥，自由泼墨。

——父亲的号是康风。

——因被冤枉贪污逃去了南洋，其实他不是那样的人。

——如果找到吴练海的话，就可以证明父亲的清白。

这些不正是他们在省吾心中描绘出来的图画吗？

还有一个人的心里也是一张白纸——那就是桥诘诹访子。她跟同父异母的兄长只接触了短短的几个月，而且还是五十年前的事情。而对于叶村家的历史，她也几乎是一无所知。

——叶村康风也叫鼎造。

那个躲雨的老人就这样将这个最关键的事情灌输给了诹访子，而从不怀疑他人的吴练海的遗孀，也毫无疑虑地全盘接受了这一切。

她的状态实在是太适合在其心上随意地构图了。

两个人如同白纸的心灵就这样被各自画上了图画。如此，两人一旦见面，一切就将像拼图一样，完美地拼合上。

从法祥寺的遗物来看，叶村康风于一九一八年死于新加坡应该是毫无疑问的了。但是诹访子却确信自己的兄长从新加坡平安归来，而且还有子嗣留下——而这一切都是从在京都桥诘家躲雨的老妇人那里听来的。

叶村康风明明死在了南洋，那个老妇人却说了谎。为什么说谎？其背后肯定是有目的的。

老妇人……

要想扮年轻难度很大，但若要伪装成老人就容易得多了，比方说可以使用假发。

那个老妇人，会不会是嫂子？

诹访子听躲雨老妇人说这番话的时间是三年前的秋天——对了，三年前的秋天，嫂子刚好带着学生去了关西做修学旅行。

正好又下了雨，她就借着躲雨的借口接近了桥诘诹访子。但即使没下雨，她也会找其他的借口来接近诹访子，把那番话说给她听。

再次坐回座位的省吾，这时再也坐不住了。

每当想起什么东西时，他的心就猛烈地悸动，身体也不由自主地动来动去。

如果省吾想的是对的，那么兄嫂二人肯定知道了什么。

父亲曾照顾过那个同姓的叶村康风，一郎是否是从父亲那里听说了叶村康风的悲剧呢？而且他肯定也应该听说过，叶村康风曾帮过的吴练海来到了日本并取得了成功。这样说来，曾在殿村物产工作的嫂子也应该知道股东吴练海的事情。

在新加坡，叶村康风在省吾父亲的照看下病逝了，除此之外别无亲人。他就这样静悄悄地走了，连吴练海夫妇都不知道他去世了—— 兄嫂二人肯定也调查过这件事。

因为同姓这个巧合，兄嫂便想到了可以利用这一点好好谋划一下，而这里恰好又有两个心思如同白纸一样的人。

省吾的哥哥长期卧病在床，对自己的身后事肯定非常担心。虽然弟弟心肠很好，但还是个涉世不深的毛头小子，实在是不能将一切托付给他。

所以一郎便开始考虑怎样能让弟弟成为可以照顾自己一家的人—— 也就是让弟弟成为富豪。

—— 父亲在新加坡曾照顾过落魄的叶村康风，甚至连葬礼和下葬的费用也是父亲出的。而正因为有康风的牺牲，吴练海才能取得巨大的成功。所以叶村鼎造的后人自然是有资格继承吴练海的遗产的。

或许只有这种牵强的逻辑，才能抵御住良心的谴责。

兄嫂二人合作设计的这个圈套应该在三年前就准备完善了。而吴练海的死大概就是这一切的导火索。

这样想来，也是在那时，省吾的头脑中才有了父亲的名号和祖父的别名这些概念。躲雨老妇人出现的时间应该也是那个时候。就这样，白纸上面被描上了第一笔。

吴练海死后，遗孀诹访子拥有了一笔巨大的遗产，而且还没有子嗣。为了避免她收下其他的养子，躲雨老妇人便先行告诉了她，她还有血亲在世。

之后诹访子开始寻找起了康风的家属，同时，兄嫂二人开始拜托省吾寻找吴练海。

兄嫂就这样为诹访子、省吾二人的相逢做好了准备。

不久之后，既是大恩人又是同父异母哥哥的儿子出现在了吴练海未亡人的面前。而且还是个没被世俗影响的诚恳的大好青年——吴练海的未亡人会怎么对待这个与自己有着血缘关系的青年呢？

毫无疑问，她肯定会让他成为自己的继承人。

省吾在法祥寺知道康风和鼎造是两个人时，大脑一片空白。猝不及防的消息让他一时难以相信。

但是，遗物却明白无误地在陈述着这个事实。

省吾脑子里很乱，坐上中央线的快车后，他便一直在思考这一切。然而，不管怎么想这些事情都只能解释为兄嫂二人一手策划，否则根本无法解释。

虽然并不擅长逻辑推理，但这时的省吾也渐渐弄懂了事情的来龙去脉，将蒙在事件上的薄纱一层层地揭开。

列车离开甲府后不久，省吾捂着胸口又站了起来。

“您怎么了？”

邻座的学生一边大口吃着面包一边关切地问道。

“没事，我去下洗手间。麻烦你帮我看下座位。”省吾说。

胸口的悸动传到了抚在胸前的手上。

过道上堆满了洋溢着青春气息的黄绿色帆布包。省吾小心翼翼地使自己不踩着这些帆布包，踉踉跄跄地朝车门口走去。他的脚步已经乱了。

省吾知道自己的脸此刻一定是惨白的。

他并不想去洗手间。他只是坐不下去了——某个推论已经在他的脑海中浮现出来。

这是种恐惧的感觉，不，或许应该形容为一种令人作呕的憎恶感。

走到车厢中间的时候，他大口地吸着气。可头还是眩晕得厉害，最后他不得不蹲了下去。

省吾就这样在毫不知情的情况下掉进了兄嫂二人早就策划好的陷阱之中。而这一切都在法祥寺得以真相大白。

前一阵子省吾还要和养母一起去这个法祥寺，而在到达之前，养母就被杀害了。

结果，养母到死也没去成法祥寺。如果她去了的话，住持一定会让她看遗物，她便会知道叶村康风在四十多年前就死在新加坡的事实。

省吾生于一九三五年。

一九一八年就死了的男人怎么可能生出一个一九三五年的儿子？！

就算桥诘诹访子这人再好，也会觉得事情有问题。

所以决不能让她去法祥寺——策划这一切的人一定会这

样想！

不能让她去——怎样才能不让她去？

杀掉她！

蹲在车厢中间的省吾双手抱头。

虽然有些眩晕，头脑却格外清醒。省吾的推理正肆无忌惮地捕捉着各种各样的信息。

兄嫂知道所有事情一到法祥寺就会露馅——不，那时哥哥已经去世了。准确地说是嫂子伸子知道。

住持的话重新回响在省吾的耳边。

“没错，三年前，有个认识叶村家的妇人曾来过……”

那一定是嫂子！

为什么这样说？嫂子去询问叶村康风家的菩提寺，如果那里还留有叶村康风的痕迹的话，她大概就会将那些痕迹销毁。

那里的确留有康风的痕迹，但是那东西却被放到了仓库的最里面拿不出来。

——以后再说。

她或许这样想过，就把那东西留在了寺院。何况，吴练海的遗孀也未必会去那里。

但是，诹访子说要去法祥寺——

省吾使劲抓着自己的头发。

他在信上告诉嫂子说他要和养母去法祥寺。而在上诹访留宿那晚住的碧波楼也是嫂子拜托东京的朋友预订的。

嫂子知道所有的一切。

她不会让省吾的养母去法祥寺，也知道养母要住在碧波楼过夜，她还知道其他的事——省吾在信上应该也告诉过嫂子养母有睡前喝酒的习惯。

将酒壶端到菊之间的人就是犯人，而且那人应该装成了女佣的模样——也就是说，犯人一定是个女人。

这是省吾不想做出的推论。

省吾的头脑现在清晰得令他感到恶心。太阳穴的血管不断地跳跃，像针一般刺激着他的大脑。顺着血管跳跃的节奏，那令人厌倦的推理逐渐成形地浮现出来。

汗水已经淌到了他的胸口，省吾用颤抖的手解开了衬衫的纽扣。

窗外是甲斐的群山，夏日的骄阳暴烈无比。偶尔疾风吹来，树上的叶子一下子全都被逆向翻转。

省吾在新宿换乘了地铁，直接奔往位于京桥的公司总部。

社长办公室冷气充足，佐仓欣太郎穿着西装静静听着省吾的汇报，时不时地点下头。

“……就是这样，我没想到它是真的原浆，所以也没怎么认真看管。不过，既然丢失了原浆，我愿意负责。”

说完，省吾一直紧盯着社长的眼睛。

“你也不知道那个到底是真的还是假的吧？”

社长若无其事地问。

“是……”

“把这个拿回去。”

社长拿着省吾交给他的辞职信，在手中来回翻转了几下，又将它丢还给了省吾。

“但是，责任……”

“责任问题已经很明确了。”

“咦？”

“月光原浆现在就放在我的家里。”

“您的意思是？”

“我给冈本的就是假原浆，他又把那个给你了。只不过，他开始跟你说那个是假的，后来才说那个是真的。因为我从一开始就跟他说那东西是真的，但给他的却是个假东西。”

“您为什么要那样做呢？”

“冈本是个头脑灵光的男人，也很有能力。不，应该说他太有能力了，感觉他好像在筹划着什么。”

“您是在试探他吗？”

“不要小瞧我的情报网。前几天我得到消息说谷口化学搞到了月光原浆，现在正在调查谷口化学是怎么搞到月光原浆的。但很显然不是从你那儿泄露出去的。谷口化学现在正在进行分析测试，结果应该很快就出来了。把原浆卖给谷口化学的人显然是拿不到钱的。”

“也就是说？”

省吾的头脑第一次转得这么快。

冈本分店长以为是真原浆，拿到手的却是假原浆，然后他又将假原浆的冒牌货交给了省吾。

他的目的应该是想借此查出想要试图盗取原浆并接近省吾的叛徒——最初他的目的大概的确如此。

但是通过春名的话以及观察省吾的脸色，冈本发现了原浆被盗这件事。说不定那个叫春名甚吉的男人还说了很多好处来游说冈本。

植原说，春名告诉冈本，省吾把原浆卖给了其他公司时，冈本是一笑置之的。因此，在那之前冈本大概还没有开始计划如何转嫁责任。

但是叶村省吾弄丢了用来做饵的原浆。

省吾受重托负责保管原浆，这已是公司内部公开的秘密了。而冈本分店长手上有真原浆，只要将这东西卖给其他公司就可以轻而易举地换来几千万日元。

虽说给省吾的是诱饵，但其他人却都认为那是货真价实的真东西。既然省吾将它搞丢了，这正好是个千载难逢的好机会。

这就跟省吾的兄嫂所想的一样。两家刚好姓氏相同，而在吴练海死后，得到一大笔遗产的未亡人又对叶村家一无所知，于是兄嫂便在这两个事实的基础上筹划圈套——冈本跟兄嫂的所作所为是一样的。

——这到底是个什么世界！

完全不能有任何疏忽大意，不能给别人一点可乘之机。

看来省吾真是个极易被利用的人。冈本分店长的行为还可以理解，可是连省吾无比尊敬的兄嫂夫妇竟然也把他当成工具利用。

真是悲哀。

省吾拿着被退回来的辞职信，有点不知所措。

“你再重新考虑考虑。现在赶快回神户吧！”社长的脸上第一次浮现出了类似于笑容的东西，“三绘子也等得不耐烦了吧。最近，那孩子经常写信过来。”

从公司出来后，省吾便前往嫂子家。但他的脚步格外沉重。

他害怕见到嫂子。

他要尽量避开那个话题。嫂子已经知道他去了法祥寺，两个人都知道了事情的真相，但却不能避而不谈。

到时一定会很尴尬吧。

省吾带着事先讲好的寿司来到了公寓。

嫂子住在二楼。

管理员见过省吾，便跟省吾说道：“好久不见。夫人在家，顺子好像出去买东西了。”

“这样啊……”

省吾慢慢登上了台阶。

来到嫂子家门口站定，他敲了敲门。

但是，里面没人回话。他敲了第二次，又敲了第三次。

——发生什么事了？

管理员说过嫂子在家的。

省吾心中涌起了一股不祥的预感。

他立刻转动门把手——门没锁。

省吾打开门将头探了进去。餐厅、厨房里一个人都没有。

他走进屋内，对着起居室的拉门喊道：

“嫂子。”

还是没人回话。

省吾的胸口急剧地跳动起来。

他拉开拉门，里面飘来一阵线香的香味。

房间的地板上铺着床铺，但是嫂子没躺在上面。她趴在离床铺稍远点的桌子上。

“嫂子，你怎么了？”

省吾走进房间。看嫂子的样子，她好像是在桌上写东西时迷迷糊糊地睡着了。

但是不管省吾怎么叫她，她都趴在那里一动不动。

正在服丧的家中有线香的味道是理所当然的，但是那股香味对省吾而言却莫名地呛鼻。

佛龛上的线香已经燃尽了。省吾看了看四周。他看到枕头旁边放着一个信封，凑过去一看，突然感到脚下摇晃。

信封上写着两个字：

遗书

旁边摆着安眠药的空瓶。

省吾急忙跨到嫂子身边，抓着嫂子的肩膀想把她架起来，但是对方没有任何反应。嫂子的脸被拉离了桌面，她的眼睛微睁，嘴巴半张。省吾从没见过嫂子这副模样。

铅笔从嫂子的手中掉下，发出“吧嗒”的声响。

桌上有张纸片，上面写着四个字：

焚画于炎

这四个字的写法很奇怪。嫂子在中学负责指导书法部，写得一手好字，而这四个字却像个烂醉的人写出来的一样，要仔细辨认才能看出写的到底是什么。

“嫂子！”

省吾在嫂子耳边大声地喊着。

嫂子没有回话，她整个身子都向省吾倒去。省吾紧紧地抱着她，左手试探地向她的脸上摸去。她的脸冷得简直可以透彻省吾的心扉。

“啊！”省吾惊叫道。

奇怪的是，即使看到了“遗书”两个字，省吾也没将它与嫂子的死联系到一起。然而，手的触感第一次证实了嫂子的死亡。

——不好！

省吾反射性地站起来，同时下意识地将写着“焚画于炎”四个字的纸片塞到了衣服口袋中。

他不记得自己是怎样冲下楼梯的。等他回过神来的时候，他已经结结巴巴地在跟满脸惊讶的管理员说话了。

“打110……不，嫂子已经死了。叫医生……不，她已经死了，不是，她是自杀，自杀死了……”

“您说什么？！”

管理员的声音听起来慢吞吞的，但是双眼却炯炯有神。透过对方的神态，他已经觉察出了异常。他的眼神中透出一种专业的态度，他要尽可能准确地把握情况，并且冷静地处理这一切。看着管理员的双眼，省吾害怕得发抖。

“死……死了……”

管理员仔细地擤了擤鼻子，然后站了起来。

“总之，我去看一下。”

管理员干净利落地向警察通报了情况。

顺子在警察来之前便回到了家中。她倚靠着母亲哭喊：“胆小鬼！妈妈，你怎么这么软弱啊……”

她的哭腔中带着对母亲软弱的责难，省吾觉得这话实在太过苛责了。

省吾的神经在法祥寺就已受到重创，如今嫂子的死亡更令他脆弱了。

他完全不知道事情到底是怎么回事，但再一深想，其实所有的前因后果他都很清楚。

他害怕与嫂子会面，但嫂子其实应该更害怕与法祥寺归来的省吾会面。

——到死我也不会把那件事说出去的。

事到如今说这些也没有用了。

嫂子已经不在了。

遗书共有两页，一页是给顺子，一页是给省吾。

顺子：

妈妈累了，努力挣扎到现在，实在没有办法继续活下去。请你原谅妈妈。我去你爸爸的身边了，我们会一直守护着你，希望你一定要幸福，一定一定要幸福。我和你爸爸会在上面祈祷，愿你幸福。不论遇到什么事，你也不要放弃幸福，不要像我这样软弱。

再见，我的顺子。

再说一遍，一定要幸福。

省吾：

我一直忍受到现在，但是已经没法继续忍受下去了。活着比死还要痛苦。

麻烦你替我照顾好顺子。我现在只希望顺子能够幸福，我想我死后为她祈祷会比活着看着她幸福更好。虽然我的行为极其不负责任，还是请你照顾好顺子。

顺子还小，还不明白我为什么要死，但我不希望她变成一个能理解我为什么要死的不幸女孩。

省吾，我想你一定明白我是怎么想的，但是请你不要让顺子明白。

我到一郎的身边去了，我会在那边守护着大家的幸福。

再见，省吾。

再说一次，麻烦你照顾顺子。

省吾从遗书中读出了嫂子真正的意思。

——省吾，你已经去过法祥寺，想必已经知道那件事了吧。但是请不要将那件事告诉顺子。

这才是嫂子的原意。

“我明白，嫂子！”

省吾读完遗书，任由泪水流下地说道。

这番话本来他是想跟活着的嫂子说的。

——对了，要是不写那封信就好了。

省吾十分后悔。

他在信上告诉顺子他要将养母的骨灰埋到法祥寺。嫂子当然也看到了这封信，而且信还是在出发前一天写的。

如果早点把信寄出去的话，说不定嫂子会找件让省吾无论如何也无法推脱的急事，打电报或是打电话让他马上回来。

这样一来省吾就没法去法祥寺了。只要省吾去了东京，她就可以对省吾说——省吾你还要上班，我们学校放假，正好我有时间，就替你去趟法祥寺吧。

说不定就可以这样巧妙地化解危机。

省吾本来也不喜欢寺院墓地那种阴森森的地方。嫂子要是这样说的话，他一定会听嫂子的话。

如此一来，这件事就会在省吾毫不知情的情况下落下帷幕。而省吾还会继续拼命寻找杀害养母的凶手，寻找这个他绝对猜不到的凶手。

但是当信到了嫂子手里的时候，省吾已经出发去往法祥寺了。她已经没法阻止省吾。

“妈妈这个胆小鬼！”

顺子伏在榻榻米上痛哭。省吾温柔地拍了拍她的肩膀。

“顺子，尽情地哭吧。之后的事都交给叔叔。”

顺子抬起满是泪水的脸，顺从地点了点头。

顺子在丧礼上并没有哭。

她轻声对省吾说：“我已经没有眼泪了。”

“没错，就让一切都结束吧。”这样说道的省吾反而满眼噙泪。

嫂子所在学校的同事和她教的学生们也来了。女老师们纷纷议论：“她先生卧病在床那么久，走了之后，她果然也跟去了。”

“就是啊。叶村夫人很爱她丈夫。”

中间也夹杂着一些略带责难的声音。

“可是她还有个女儿呢！”

谁都不知道真相。

省吾发现除了自己以外，没人知道事情的真相。他感到恐怖。

这个社会就是这样。大家对有疑虑的地方都视而不见，只关注对自己有利的地方。

或许这样也好。

伸子的好友西垣芙纱子也来了。她是伸子在公司上班时的同事，之后也偶有来往。

“请节哀顺变。”

西垣芙纱子说完这句话，就开始夸起了伸子：“她真的是个很不错的人。在公司的时候，她总是帮我这个毛手毛脚的人。她跟我完全不同，很有能力，所以公司给她的工作非常有难度，专门负责处理吴先生的事务。”

“吴先生是？”省吾回问道。

“是殿村物产的一位出资人，他是从美国回来的。殿村在美国的老客户全是吴先生介绍的。”

“是吴练海先生吧？”

“是，那位先生对公司非常重要，因此公司这边也为他提供服务。吴先生在日本有很多事业，伸子做的是类似于他秘书之类的工作……她做得很好，吴先生当时也很高兴。”

“这样。”省吾点点头。

嫂子和哥哥一起催促省吾去寻找一个叫吴练海的人。他们告诉省吾，他们只知道吴练海战前的经历，而战后的情况则完全不清楚。

可是，嫂子清楚。她做过吴练海的秘书，肯定跟吴练海很熟悉。说不定吴练海还跟她讲过自己的故事。特别是嫂子又姓叶村，说不定还会跟她说——内子的哥哥跟你是同姓，叫作叶村康风。他帮过我大忙……我只知道他去了南洋，却不知道那之后他过得怎么样。

又一层薄纱被揭开了。

附近的医生也来了，同样对伸子赞不绝口。

“夫人很勤快啊。前一阵子她脚骨折了，但因为还有工作一直没有静养。本来她的脚至少有三天都不能动，应该趁这个机会好好休息一下的。”

省吾很担心只剩一人的顺子，但是顺子却格外坚强。

“我一个人也会过得很好。”她坚定地说，“叔叔现在是大富翁了，金钱方面，你要多多照顾我哦。”

“当然。”

“那我想租个公寓。”

“公寓？”

“没错，配备空调、二十四小时都有热水的公寓。而且公寓收拾起来也不费事，一个人住也很方便。叔叔你觉得呢？”

“你要是想住当然可以……只是，高中生就住公寓，好像有些……”

“奇怪吗？”

“有点令人担心啊……不过，嗯，没问题。”

返回神户的前一夜，省吾和顺子在家中收拾善后。两人把家里所有物品都整理了一番。

佛龛里，哥哥照片的旁边摆着嫂子的照片，而在此之前旁边摆着的一直是父亲的照片。这样说来，自从举行完哥哥的葬礼之后，父亲的遗照就不知放到了哪里，从佛龛里消失了。

——原来是这么回事。

省吾突然想起了这件事。

他的养母总有一天要来东京。如果佛龛里摆着的是叶村鼎造的照片就麻烦了，因为那张脸根本不是叶村康风的脸。

——说到照片，那张画呢？

省吾抬头看了看墙壁。

顺子画的“母亲之像”被镶在了画框里。房间里只有这一幅画。

嫂子自杀后，省吾一直忙着料理她的后事。那张纸片，省吾还没给任何人看过。

当时嫂子写好遗书，铺好了床铺，或许是打算躺在上面静静地等待死亡的来临。但当她吞下安眠药之后，才想起还有些事要记到遗书里，所以就爬到了桌子旁边。

——焚画于炎。

字写得十分凌乱。看来写字的时候，安眠药已经起了效果，嫂子的神智已经开始模糊不清了。

省吾开始考虑这四个字的意思。

——这肯定是写给顺子的。画应该指的就是画框里的画吧？

嫂子大概是意识到自己所犯下的罪恶，良心饱受谴责，所以对自己产生了强烈的厌恶感。吞下安眠药躺下之后，她也许看到了墙上自己的画像，那正是犯了不可饶恕的罪恶的自己的模样。

她肯定无法忍受。

——一定要把那东西烧掉。

她的意识渐渐模糊，仅存的意念促使她爬到了桌旁，握起了铅笔，然后写下了——焚画于炎。

“顺子，佛龛里有你妈妈的照片。能把墙上挂着的你给你妈妈画的画像送给叔叔吗？”

“好啊。画得不太好，你连画框一起拿走吧。”

“那我拿走了。”

省吾将画框取了下来。

嫂子曾经用过的，但现在顺子已经不要的东西省吾都通通装进了行李里。其中还有一些誊写版的工具。

“妈妈以前用那个做过副业，很辛苦的，妈妈真可怜。”

把那东西放进行李后，顺子悄悄地擦了擦眼睛。

但是省吾看到那个誊写版后，想到的却是另一件事情——在汪志升土仓里发现的誊写版印刷的色情书《当世花隈女气质》，难道那也是嫂子自己做的吗？

关于艺伎摩耶子身世的话题，就像是油浮于水面那般，界线分明又清晰地出现在露骨的色情描写当中。为什么在色情书中会穿插那么一段与性完全没有关系的插曲呢？看书的时候，这种突兀感只是一晃而过而已。省吾这时突然想起了当时的那种突兀感。

当然，也可以有另一种解释。那就是为了叙述摩耶子的身世而混入了色情描写。以摩耶子的身世描写为主，艺伎的色情描写为辅。

那本书看起来确实是本古书，从封面上画的女人裸体便可以看出。可是旁边为什么要画上长辫子男人的剪影呢？从书的内容来看，摩耶子的中国爱人李某只不过是个次要角色而已。

兄嫂二人一直啰里啰唆地反复强调要进行“华侨方面资料”的调查。山本副教授说要想进行华侨方面的调查，最有参考价值的就是汪家的收藏。想要调查华侨关系的人一定会去调查汪家的土仓。

土仓中，最能引起他注意的东西——封面上的裸体、长辫男人的剪影、题目中的“花隈”两个字——只要这些东西进入了省吾的眼帘，他就绝对不会放过。一切都已在事前准备妥当，只为了能让省吾看到。

諏访子和吴练海的故事是真的，但是艺伎的恋爱故事却很少有被记录下来的。嫂子觉得省吾需要这样的一个文字性记录，因此便以这样的形式将这段故事做成了文字。

省吾想起了汪志升跟三绘子说的话。

——没错，偶尔也有像你这样漂亮的女孩子来这里。

其中应该就有嫂子。

以查资料为借口，实际却是为了将事先做好的资料放在那里——这件事并不是不可能。那里的大部分资料都没有被整理过，汪志升一直都让研究者自由查阅。

誊写版的文字是固定模式，毫无个性，根本无法从笔迹上判断出制作者，而要想让一本书看起来古旧，有很多方法可以使用。

只是看到一个誊写版的工具，省吾就不自禁地将它与这次的案件联系到了一起。

也许是因为年轻，顺子很快就从母亲去世的打击中恢复了过来。

嫂子意料之外的自杀，让省吾在东京多待了很多时日。办完了嫂子的丧事之后，他又应顺子的要求，找到一家公寓并办理了入住手续。

虽然省吾很担心顺子一个人在公寓生活，但是想来换个环境对她也是件好事。一直住在母亲自杀的房间中，很多东西都可能触到这个十六岁女孩的伤心处。

省吾煞有介事地以一种说教的口气说道："你不能一直难过下去，赶快恢复正常生活才是对你去世母亲应尽的孝道。"

"我明白。"顺子答道。

说话的嘴形虽然还像个孩子，可眼睛却已然是个大人。那双眸子与她母亲一模一样。

"没事可以做做运动什么的。"省吾建议道。

"我更喜欢学音乐。"

"音乐也不错。总之，只要能使心情变好就行。"

"要是有钢琴就好了。"

"我给你买架钢琴。"

"真的？我好高兴！"

顺子双手抱在胸前，眼眸一下子亮了起来。可是那双湿润的眼睛中依然潜伏着一丝悲伤。

为了顺子，省吾在信托银行存了一千万日元，光靠利息就可以让顺子轻轻松松地度过学生生活。嫂子的银行存款只剩下十二万日元，因为丈夫的疾病和葬礼，连搞副业挣的钱都花出去了。

"只要需要，多少钱我都会帮你。"省吾承诺道。

他想起了嫂子的遗书。

——麻烦你照顾顺子……还是请你照顾好顺子……再说一次，麻烦你照顾顺子。

嫂子反复强调让省吾照顾顺子。他自然会尽全力照顾自己的侄女顺子。现在他已经是个富豪，而且还是在顺子父母的安排下才成为富豪的。

回神户的前一天，省吾又去了一次总公司。举行丧礼的时候给公司添了不少麻烦，所以不得不去公司表示一下感谢。客套地寒暄一番过后，佐仓社长说：“冈本辞职了。”

“什么？分店长？”

“是，辞职了。他不辞职不行。将那东西卖给谷口化学的果然就是冈本。接班的是滨谷。他现在还在美国，过几天就要回来了。他是关西人，所以处事比较方便，而且他跟你应该也能处得来……至于冈本，我思来想去，决定还是不要将其公之于众了。”

“不论谁成为分店长，我都会尽己所能，努力工作的。”

“对了，你早晚都会把那个京都的宅子卖掉吧？”

可能是因为三绘子的报告，社长对于省吾的事了如指掌。

“是，房子太大了，我实在管理不来。”

“那……”社长离开椅子，走到了窗边。他没有看向省吾这边，接着说道：“什么时候办婚礼？”

“还、还没有决定。”省吾的样子显得有点狼狈不堪。

“我不是很方便呢。”

“啊？”

“做媒人出席也很奇怪。三绘子明明是我女儿……”

“这样啊。”

“我也不能作为三绘子的父亲出席……因为没人知道我是她的亲生父亲。”

说完，佐仓社长腼腆地笑了起来。

在新干线站台等车的时候，前来送行的顺子问省吾："妈妈在遗书中写着，叔叔你一定明白她是怎么想的，但是请你不要告诉我。我不懂妈妈的意思，有什么事是我不知道，而你知道的？"

省吾心里一惊。

"也就是人生这个东西……像你这个年纪还有很多事情搞不明白。等你长大了自然而然就会明白了。这是只可意会不可言传的东西。"

省吾艰难地搪塞了过去。

顺子顺从地点了点头。

"但是妈妈的意思好像是说即使我长大了也最好不要知道。对吧？她写的是不希望我变成一个能理解她为什么要死的那样不幸的女孩。"

"一个母亲那样想也很正常。"

省吾说话时不知道眼睛应该看向哪里，只好看了看手表。

"什么时候我才能理解那些呢？"顺子歪着头问。

"最好永远都不知道。"

"是吗？"

顺子笑了起来，她的笑容像是湖面上的微波一般。那笑容让人觉得深不可测，但表面上依然只是天真无邪地微微轻笑。

"你妈妈也说无论遇到什么事，你都要紧紧把握住幸福。"

省吾说完这句后，顺子低下了头。

"再说一遍，一定要幸福。"顺子轻声呢喃着母亲留在遗书上的最后一句话。

微波似的笑容消失了。

顺子双眼湿润了起来，看起来更像她的母亲了。

省吾上车前，顺子将一个包裹起来的方形扁平物递给了省吾。

“拿着，一定要好好珍惜啊！”

那是顺子画的镶在画框里的“母亲之像”。

“嗯，我一定好好珍惜它。”省吾接过来，重重地点了点头。

坐到座位上后，他突然想起了乘坐中央线列车时的情形。当时他心中受到的打击令他一辈子都难以忘记，而这打击也将影响他的一生。虽然坐在新干线和中央线上的感觉完全不同，但这次的事仍然是那件事的延续。

那件事将永远延续下去。

他明明那么恨杀害养母的凶手，而现在他也已经清楚犯人是谁。

“这算怎么回事啊……”他嘟囔着。

从那之后，这句台词就成了他的口头禅。

他突然想到——如果嫂子还活着的话，结果会怎样？

他觉得，这样其实就挺好。

列车经过名古屋，进入了关西。在这短短的十天之中，伊吹山的绿色以及关原上的风仿佛都改变了模样。

秋天在不知不觉间已经走近了。

但是比起前往东京与返回神户时省吾心情的变化，这种季节的变化已经不算什么了。

一直是省吾心中偶像的嫂子伸子，如今其形象已经完全不同了。这也改变了省吾自己。

在京都下车后，省吾又坐上开往新大阪的快速列车，返回了神户。他提着行李和包裹回到花隈的公寓，但这个时候三绘子肯定正在上班，没待在公寓里。

“才三点……”

放下行李后，他决定去趟公司。

“喂，听了可别惊讶，分店长辞职了。”

一到公司，小川就抓住省吾告诉了他这件事。虽然知道省吾的近亲适逢不幸，小川却连句安慰的话都没有。

“我在总公司听说了。”

“没意思，你已经知道了啊！”

小川好像很失望。

“但是，到底是怎么回事？”省吾问道。社长说不想把事情公之于众，可是省吾想知道职员们到底了解多少。

“完全不清楚。真是的，到底是因为什么啊？”

旁边的野村皱着眉说：“好像也不是因为账目上有漏洞。”

小川一边用铅笔点着桌子一边说：“会不会是被挖到好地方去了？”

“一下子断了吧？”野村含笑说道。

“什么一下子断了？”省吾问。

“好不容易让分店长记住了自己，这下子那层关系全断了。真可惜啊，哈哈哈……你也一样。”野村冷笑着答道。

省吾突然怒火中烧，只能强忍着没有答话。这十天，作为一个人，他觉得自己成长了不少。

回到自己的座位上时，省吾看到桌上放着一个小本子。题目上写着：

辛亥革命军用资金私吞问题的真相与神户的关系

K 大学副教授　山本国彦

山本副教授完成了论文，大概是看他不在就放到了桌子上。封面上还署名“赠叶村省吾兄，山本国彦”。

叶村鼎造被自己的儿子、儿媳扣上了毫无来由的罪名后，又被证明清白。省吾没有心情去读论文的内容。这篇论文到底该供在谁的墓前呢？康风的墓在新加坡，应该供在桥诘练太郎也就是吴练海和他夫人的墓前吗？因为康风顶替的罪名其实是属于他们两人的。

省吾将那个小本子塞到了抽屉里。

三绘子去银行办事了。省吾到公司的时候，她并不在办公室。四点过后，她才回来。

“哎呀，你回来了！”面对省吾，三绘子却像是外人似的深深鞠了一躬，说道：“请您节哀顺变。”

“啊，谢谢。”省吾回答得含含糊糊。

在东京的时候，几乎每晚省吾都要给三绘子打电话。那种吊唁的话，三绘子已经不知说过多少遍了。

虽然在电话里说了很多，但是省吾一直没将嫂子自杀的真实原因告诉三绘子。

他心里暗暗决定——要将这件事深埋在心底。

他只跟三绘子解释说，嫂子失去了丈夫，觉得前途黯淡。

——还真是可怜。

省吾带着愧疚的心情听着电话里三绘子那略带忧伤的声音。人生伴侣之间本来应该知无不言、言无不尽的，但是只有这件事是例外，他打算将这件事永藏心中。然而保守这个秘密令他无比痛苦，他心中无数次涌现出要将这沉重的秘密述说给他人的欲望。

但那终究是无法为之的奢望。

他必须负担着这份沉重直到天荒地老。

那一晚，省吾一直和三绘子聊到深夜。但心中怀着不能触及的沉重秘密，即使谈话的对象是三绘子，省吾也感到筋疲力尽。

三绘子关切地问道："省吾，你好像没什么精神，虽然这也很正常。"

"是吗？"

自己的价值观已经被彻底颠覆。为了防止三绘子觉察出自己的变化，省吾一直努力装作很开心的样子。

三绘子尽量找其他的话题聊，比如冈本分店长的事。

"冈本做得太绝了。"

三绘子知道冈本想要陷害省吾一事，这在两人之间并不是什么秘密。

"但是同事们好像都不知道这件事。"

“嗯，他们毫不知情……没有别人知道，只有我们自己知道。这种感觉还真怪呢，好像身上背负了一个与众不同的世界一样。”

“确实。”

的确是这样。而在那基础上，省吾又背负了一个连三绘子都不知道的世界，而且还是个无比沉重的世界。

京都的宅邸需要尽快处理掉。翌日，省吾下班后又去了趟京都。

植原已经搬到了近江的乡下。留在京都看家的富泽清江向省吾哭诉：“警察们简直太过分了。他们在我面前说上诹访那件案子的凶手是个女人……而且他们看我的眼神都是恶狠狠的。”

省吾安慰她道：“他们说这番话也不是认为你有嫌疑。端酒壶的的确是个女人，警察那么说也有道理。”

“但他们问了我好多问题，还问我八月三日前后都做了些什么。”

“每个人都被这样盘查，我也被问烦了。”

“幸好当时卖我东西的人给我开了发票，所以我还记得八月三号去买过东西。别看平时发票没什么用，就因为上面记载了日期，在这种时候就帮了大忙了。”

省吾一边听着富泽清江诉苦，一边环视了一下会客厅。

与上次坐在这里相比，他现在的心情已经截然不同，甚至连空气都好像换过了一样。当时他认为自己是这栋房子名副其实的主人，现在他已经知道自己不是了。他身处的这间屋子，其实是一个与自己毫无关联的人的财产。自己是被硬塞进这间屋子的。

或许也可以想，反正这份财产没有继承人，他并不是将一个有着正主儿的房间强取豪夺过来。可即便这样想，他仍觉得郁闷。

省吾开口说：“我早晚会把这房子卖了。”

“老爷您要搬去哪里呢？”

“我暂时会在神户上班，打算在大阪和神户之间找个房子。本来像现在这样住公寓也挺好，但是养母留下的遗物太多……”

“您不是要结婚了吗？”

“再等等吧。”

“最好还是独门独户的房子。您还记得上次您答应我……”

“当然记得，我会处理好你的事的。”

和三绘子结婚后，省吾还是想两人单独住在一起。新婚夫妇中间不需要夹着一个多余的保姆。

“我儿子还小……”说完，富泽清江低下了头。

看到这一幕，省吾想到了嫂子。虽然两人的长相和给人的感觉截然不同，但是在身为母亲这一点上，两人却是相同的。不管是什么样的女人，只要成了母亲，她们身上都会拥有共同之处。

“那就麻烦你帮忙管理一下公寓吧……总之，我不会亏待你的。”省吾说完，富泽清江点了点头。

之后，省吾又处理了一下不在家期间堆下来的事务，等到离开宅邸的时候已经九点多了。

来之前曾跟三绘子约好，“不管多晚，今晚都会回去”。等他回到花隈公寓时，已经接近十一点了。

省吾躺在榻榻米上，抬头盯着天花板。他什么也没想，可还是不自觉地深深叹了口气。

对于自己的体力他向来很有信心，一般情况下都不觉得疲乏。但是这一次，也只有这一次，他却从里到外地觉得疲惫不堪。当然，这种疲惫不仅仅只是肉体上的疲惫。

回到公寓后，省吾本打算去下三绘子的房间，最后还是作罢了。他想快些回到自己的房间，放松一下心情。

三绘子看到自己房间开了灯，应该就会上楼来，还是在楼上等她上来吧。

从东京带回来的行李还堆在房间的角落，旁边摆着那个包裹，包裹里是顺子画的“母亲之像”。躺了十分钟后，省吾坐了起来。他突然对那个包裹起了兴趣，他想看看那幅画。他打开包裹，取出了画框。现在想来，这个黑漆漆的画框本身就很不吉利。

——好像从一开始嫂子就被嵌进了黑色画框中。

省吾想到了嫂子的死状，心情阴沉了下去。

安眠药起作用后，她朦朦胧胧地看见墙壁上挂着自己的画像。她肯定觉得除了这个想要洗清罪恶的自己之外，还有另一个自己待在画像之中。她的心中大概会想——我要从这个世界永远消失，那个画像一定要跟自己一同消失。

躺下之后她应该正在合掌祈愿。看到挂在墙上的画像，她又放下了合着的双手，向桌子爬去，耗尽气力写下了“焚画于炎”，之后便失去了意识。

省吾取出钱包中的那个纸片，陷入了沉思。他没告诉任何人这张纸片上的遗言。临死前还想着将自己的画像一同带到另一个世界，这是种无法言传的悲伤。要是让顺子知道了，她不知会有多难过。

顺子画的画像中，只有那双眼睛准确地把握住了母亲的特征。她用黑色的画笔画完瞳孔后，又用毛刷蘸水刷了一下，准确无误地勾画出了母亲那双朦胧的泪眼。

眼睛以外的部分看起来就没有那么像了。不过只要眼睛像就够了，只要眼睛像，那就是嫂子的模样。

画框上的玻璃反射着灯光，使画像看起来很模糊。省吾想将画从玻璃中取出，拿在手中看看。或许在他的潜意识中，也想看看嫂子在黑色画框之外的样子。

省吾端端正正地坐好，将画框翻了过来。取下后板后，水彩画“母亲之像”就落在省吾的膝盖上。但是在那之前落在榻榻米上的却是一沓纸。说是一沓纸，其实也不过是从笔记本上撕下来被对折成两半的几张纸而已。

——这是什么？

省吾捡起了这沓纸。纸的边缘已经微微泛黄，上面的字棱角分明，略显生硬。从墨水的颜色来看字迹的年头有些久了。省吾对这笔迹有些印象。

这与他在法祥寺看到的信上的笔迹相同。信上告知了叶村康风的死讯，而那封信是叶村鼎造写的。这是叶村鼎造的笔迹。

十月十二日

因母乳不足，一郎夜啼甚凶。岛松医生说应格外注意第一个孩子，余决定接受他的建议。傍晚，坂田前辈至，一同商量了事业扩张一事，就原则问题达成一致。

看到第一页，省吾就明白这些纸是取自父亲的日记。

从喂养哥哥一郎母乳不足一事便可推出日记的年代。哥哥一郎生于一九一八年六月，如果是第二年的十月的话，自然不会有母乳不足的问题，也就是说这篇日记的日期应该是一九一八年十月十二日，当时父亲应该是在新加坡。

省吾接着读了下去。

十月十三日

吉野从日本至，在南海阁讲国内情势。听闻大米骚动[1]事件，余无比心痛。后听说骚动也已平息，并无再次暴发骚动的可能，愁眉方展。是夜，去新桥医院探望康风。康风病情愈加严重。

十月十四日

仰光号带来了日本报纸，迫不及待阅读。执政者若能引以为戒，当可转祸为福。日本出兵西伯利亚，余心甚忧。

市场调查完毕，赶赴医院。医生说康风余日无多。然而康风貌似并无大碍，如常叙说故国往事。讲至唯一血亲之妹

[1] 1918年，日本因米价暴涨而引发的民众暴动。

妹，怜爱之情溢于言表。她乃花隈艺伎，现已与中国革命家吴练海成亲，在中国生活幸福。并说，因两人同父异母，兄妹二人只交往短短数月。

一郎夜啼症状稍减。妻略有憔悴现已安心，晚上可早睡。

十月十五日

岛松医生告知，康风已病危。纵观新加坡城市，康风亲友唯余一人。急赴医院，康风话语已不完整，内容仍是其妹。话中得知，其妹芳名诹访子，夫君吴某于神户挪用革命资金。事发后，康风替罪逃至南洋。康风貌似狷介，实乃善人一位。不知此世尚有此等善人否。

于医院中过夜。

十月十六日

午前十时三十分，康风逝。临终前，将招财猫带扣赠吾。此乃其妹之物。此外只剩衣物及身边常用之物若干。康风已逝，余心甚悲，然整日忙于康风身后事，无暇悲伤。

康风，愿君安息。葬于此地乃其心之所愿，应从故人遗愿。招财猫带扣，余将带至身旁，以纪念康风。

省吾觉得全身的血液突然凝固了。

这种感觉省吾曾在开往东京的中央线列车上感受过，不过这次的恐惧感却比上次尤甚。

此外几页日记中还记录了康风死后的情景，但省吾没有继续往下看，他甚至已经没有力气将纸重新叠起来。

嫂子在殿村物产工作时便做了吴练海的秘书，应该听过康风和诹访子的故事。但很显然，从父亲的日记上她便已知晓了事情的大概。而至于是先从吴练海那里听说的还是先在日记上看到的，已经无关紧要。

日记上的内容是省吾之前就已了解的，令他战栗不已的是日记里后来添加的部分。

那不是文字，而是线。

是在“招财猫带扣”旁边画着的着重线——那是绿色铅笔所画的波浪线。

用绿色铅笔画波浪线是顺子的习惯。父亲的日记上画着这样的线，这意味着顺子看过父亲的日记，也就是说她知道吴练海与诹访子的故事，甚至还知道根据这个故事所策划出的圈套。

嫂子曾多次向省吾提过，吴练海好像跟父亲的贪污事件有关，请他去调查。嫂子说这话的时候，顺子也在场。

省吾看到这条极具个性的着重线，心里涌起疑惑，难道十六岁的顺子也参与这个计划了吗？她会不会一边画着重点线，一边跟她妈妈说——拿着这个带扣去，计划不就更完美了吗？

省吾根本就不想做出这样的推测。

或许他也可以这样推测：顺子在学校读书，学习时经常会画些着重线。他只是无意间看到她画着重线而已，也许她妈妈也有同样的习惯。他没见过嫂子画着重线，只是因为嫂子平时没有必要画这些线而已。

顺子总爱使用绿色铅笔，所以家里肯定放有这种铅笔。说不定嫂子顺手拿起铅笔，就随意画起了波浪线。这并不是不可能的事，母女之间往往会有相同的习惯。

嫂子已经不在了。虽然这样想对她有些不公平，但省吾心里还是想将所有的罪恶都推到死者身上。

他试图找来各种各样的理由说服自己。可就在这时，之前一直忽略的一个细节像闪电一般闪过省吾的脑海。这个细节将省吾那个美好的推测彻底打破。

省吾之前一直认为，深埋在他心里的这个事件都是嫂子所为。躺在病床上的哥哥用他那敏锐机智的头脑编制了剧本。但因为哥哥无法行动，所以具体实施的人只能是嫂子。

她曾伪装成女研究员进入汪志升的土仓，将伪造的资料塞到那里；还借着带学生去京都修学旅行的机会，扮成老妇人接近桥诘诹访子，告诉了她叶村家的故事；然后为了阻止诹访子去法祥寺，她跑去上诹访，扮成旅馆的临时工，将有毒的酒壶端给了诹访子。在此之前，她还没有忘记替省吾制造不在场证明。她得知省吾在洗澡，为了不让省吾听到自己的声音，便让女佣传话给省吾。

去汪家和桥诘家的的确有可能是嫂子，但是最后那件最重要的犯罪却不可能是嫂子做的。

八月三日——这天是一郎断七之日的前一天。在那之前的一天，嫂子崴了脚。丧礼上医生也说过，她崴得很厉害，至少三天都不能动。

她怎么可能去得了上诹访呢？

去的只能是另一个人。

在此之前省吾未曾留意的那些话语，这时忽然发出震耳欲聋的回声，猛烈地撞击着省吾的脑袋。

富泽清江好像说过，那么好的夫人，不论什么事，都没有催促过她……

那么好的养母怎么可能在碧波楼催促女佣上酒呢？这绝对不可能。她不是在催促女佣上酒，而应该是女佣问她之后，她回话说要热酒。

第二次去上诹访的时候，旅馆的女佣说道："实际上，当时我在走廊看到了。老人家跟一个正巧路过的年轻兼职女孩说着什么。其实，那女孩什么都搞不懂，看起来还是个中学生。"

那是个女孩。

不是四十岁的女人。

巨响在省吾的头顶轰鸣，省吾觉得眼前一黑。

闭上眼睛，浮现眼前的是顺子天真无邪的笑脸。

那如波纹般的微笑。

她紧紧靠着死去的母亲，喊着："胆小鬼！妈妈，你怎么这么软弱啊……"这喊声远远地飘来，不断地在省吾耳边回响。

顺子是个坚强的女人，令人无法想象的坚强……

"我一个人也会过得很好。叔叔现在是大富翁了，金钱方面，你要多多照顾我哦。"

“叔叔，有什么事是我不知道，而你知道的？”

这回响不断撞击着省吾的心房。顺子也知道省吾要去法祥寺。而且顺子的确很坚强。

睁开眼睛，映入眼帘的是膝盖上的“母亲之像”。

那双眸子跟顺子的一模一样。

——焚画于炎。

这四个字是嫂子留给顺子的暗号。

嫂子在失去意识之前，突然想起父亲日记里所画的绿色波浪线。那东西不能留在那里，必须得把它烧毁。

省吾在法祥寺应该知道了叶村康风的真相，但是他并不知道顺子也参与了整个策划。她忘了处理画框中父亲的日记，如果有天不小心让省吾看到了，他可能就会知道这一切了——嫂子大概是这样想的。

省吾觉得自己的心好像多出了个空洞，一个难以填补的空洞。

嫂子没有写“把画后面的日记处理掉”之类的话，她写的是两个火字重叠起的“炎”字。

炎——真是无比契合整个案件的一个字。

省吾展开父亲的日记，没有再继续往下读，而是把日记撕成碎片，丢到烟灰缸里将它烧成了灰。

所谓“焚画于炎”就是这个意思。

在火苗熄灭的时候，门突然开了，三绘子走了进来。

“省吾，你在做什么？我敲了好几下门，你都没反应。”

省吾慌慌张张地站起来。他刚才的状态根本听不到什么敲门声。

“对不起，对不起。刚才好像睡着了。”

“你太累了，脸色也不太好。”

“是吗？”

“不过这也正常，真是……”

三绘子背着手将门关上，慢慢走近省吾。

“好像有股烟味。”

“我刚才把没用的一些纸给烧了。”

省吾也向三绘子走去。

在精心布置的舞台上面，省吾毫不知情地拼命奔走。而他眼前的三绘子也跟他一起在这个舞台上面奔来跑去。

他终于明白，一切都是幻影。

但他决不会将这些告诉三绘子，他在心中暗暗发誓。

调查吴练海的时候，三绘子一直竭尽全力地帮助省吾，甚至可以说三绘子的积极性还要更高一些。两人因为这件事被紧紧地拴到了一起，怎么可以说，两人因此结下的深深的爱情羁绊也都是幻影呢？

省吾突然伸手抱住了三绘子。

除此之外没有更好的表达方式。

唇与唇交叠在一起。

抱着三绘子，省吾知道这里有着他可以确信无疑的唯一的东西。这不是被布置好的世界，是属于自己的真正的世界。他用唇、用胳膊、用手指确确实实地感受到了这一点。

嘴唇分开，三绘子问道：“你很累吧？”

“怎么会累。”

“还嘴硬。”三绘子闭上眼睛，“我喜欢你……”

省吾轻轻吻了吻三绘子的眼皮。

“父亲从东京给我来信了。”

“咦？社长吗？”

“嗯，说的是你的事。”

“我的事？信上写了什么？”

“信上写，我派叶村去神户的时候就在想，说不定三绘子会喜欢这个青年……”

“什么呀，原来这也是事先安排好的吗？”

“反正也无所谓了。”

“没错，无所谓了。”

省吾用力抱紧三绘子。

站起身的时候，“母亲之像”从他的膝盖滑落，面朝下落到了榻榻米上。

省吾的脚现在正踩在这幅画上。